SV

Band 697 der Bibliothek Suhrkamp

Wisława Szymborska
Deshalb leben wir

Gedichte

Übertragen und herausgegeben
von Karl Dedecius

Suhrkamp Verlag

Unsere Ausgabe enthält Gedichte aus den im Werkverzeichnis
am Ende des Bandes genannten Büchern von Wisława Szymborska.

Druck: Druckhaus Nomos, Sinzheim
Printed in Germany
Erste Auflage 1980
ISBN 978-3-518-01697-8

8 9 10 11 – 14 13 12 11 10 09

Einleitung

KARL DEDECIUS
SALZ WEIBLICHER WEISHEIT

O heilige Einfalt der Beschreibung,
stehe mir bei!
Wisława Szymborska

Ich hatte vor Jahren einmal gerade Anlauf genommen, mit der Beschreibung des Lebens der Wisława Szymborska die Einleitung zu ihren Gedichten zu beginnen, als ich in *Życie Literackie** auf eine ihrer gescheiten Rezensionen stieß. Ihr darin bekundeter Unwille gegen das Biographische machte mich unsicher. Das Biographische, schrieb sie, »beleuchtet nur die äußeren Umstände des Entstehens von Poesie. Beim Lesen kam mir der quälende Gedanke, daß jede Poesie, auch die schlechte, reich an Begleitumständen sei; daß auch ein Graphomane ein ziemlich komplizierter Mensch sei, und daß es auch bei ihm vieles zu biographieren gäbe. Ob sich einem Dichter die Worte zu lebendigen, dauerhaften Bindungen fügen oder nicht, darüber wird ohnehin in einem niemandem zugänglichen Bereich entschieden. Und ich vermute, daß es ein Bereich ist, auf den die Peripetien des Lebens und die Intensität der Erlebnisse keinerlei Einfluß haben.«
Ich pflichte der Autorin zu, was den Graphomanen betrifft, aber ganz kann ich ihr nicht zustimmen. Für mich ist das Verhältnis von Leben und Werk keine Frage der Begleitumstände, vielmehr eine von vielen

* *Życie Literackie* Nr. 1054/72, Spotkanie z Czechowiczem, Wspomnienia i szkice, Wybór i opracowanie Seweryn Pollak, Wydawnictwo Lubelskie.

und faszinierenden Kausalitäten. Aber ich respektiere die Vorbehalte der Autorin und werde ihren Lebenslauf verschweigen. Es sei genug zu verraten, daß sie in der Kultur-Beilage *Der Kampf (Walka)* des *Polnischen Tageblatts (Dziennik Polski)* 1945 debütiert hat, daß sie in Krakau lebt und dort 1953 ständige Mitarbeiterin des *Literarischen Lebens (Życie Literackie)* wurde, daß sie der Generation von Zbigniew Herbert und Tadeusz Różewicz angehört und daß sie Bücher rezensiert und Gedichte schreibt; und daß ihre Gedichte seit über zwei Jahrzehnten zu dem Besten gezählt werden, was die polnische Nachkriegslyrik hervorgebracht hat.
»Die Erste unter den Lyrikerinnen. Dieses Zepter des Primats erkennen ihr alle an, Poeten wie Kritiker« (Julian Przyboś in *Poezja*). »Es scheint, als habe diese Poesie zwischen den beiden Flügeln unserer Literatur das rechte Maß gefunden. Sie ist weder traditionell-moralistisch noch avantgardistisch-artistisch: sie ist einfach – vollendet« (Artur Sandauer im *Miesięcznik Literacki*). »Als würde bei Szymborska mit jedem Gedicht alles von neuem beginnen. Die Welt, das Sein und das Nichtsein, das Wissen und die Intuition, das blinde Unwissen vom Schicksal und das strahlende Bewußtsein des Glücks. Wir alle, Freunde wie Nichtfreunde der Lyrik, wissen es, daß Szymborskas Gedichte faszinieren. Womit? . . . Sie hat der banalen Wahrheit die Kraft des Paradoxon gegeben« (Zbigniew Bieńkowski in *Kultura*). »Eine der allerwichtigsten Erscheinungen in der gegenwärtigen polnischen Poesie. Ungewöhnliche Einfachheit und Kommunität . . . Vollkommen unprätentiös. Und zugleich eine

intellektuell in höchstem Maße anspruchsvolle Lyrik, eine poetische Welt von höchst interessantem Eigenleben ... Hinter der Einfachheit verbirgt sich Kunst, hinter dem Humor Tragik, hinter der Wirklichkeit das Irreale« (Jerzy Kwiatkowski in *Życie Literackie*). »Wisława Szymborska gehört zu den wenigen Dichterinnen, die es verstanden haben, dem Etikett ›Frauenlyrik‹ zu entkommen« (Marta Wyka in *Życie Literackie*). Von Anbeginn – ihr erstes Gedicht hieß *Ich suche das Wort* und erschien 1945 – waren Szymborskas Publikationen ein Ereignis. Wenn ihre Gedichtbände zum besten Buch des Jahres gewählt werden, stehen in der Presse folgende Begründungen zu lesen*: »Die Poesie der Wisława Szymborska wächst, nimmt an Weisheit zu und verwundert uns, die Leser, ständig, mit jedem Gedicht, stets aufs neue. Es ist zeitgenössische Lyrik, die einzige, die keine Krisen kennt ... Was ihre Tragkraft ausmacht, ist die unaufhörliche Attraktivität für alle Leser von Lyrik, ohne Unterschied des Empfindsamkeitstypus. Szymborska besitzt eine seltene Gabe, und diese Gabe besitzt sie maximal: die Weisheit der Poesie.«

Die Auswahl dieses Bandes schöpft aus dem Gesamtwerk; den ersten 1945 erschienenen bis zu den neuesten Gedichten des Jahres 1979; aus sieben Lyrik-Bändchen, vier Auswahlbüchern und einigen wenigen nur im Manuskript existierenden Gedichten. Das erste Ka-

* *Kultura* Nr. 51-52 vom 20./27. 12. 1970.

pitel und das letzte betreffen die nicht mehr (I.) oder noch nicht (IX.) in Buchform publizierten Arbeiten. In deutscher Sprache war die Lyrik der Szymborska erstmals 1973 unter dem Titel *Salz* in der edition suhrkamp erschienen. Diese Sammlung umfaßte 40 Titel von I-VII. Sie wurde in der vorliegenden Auswahl revidiert, ergänzt und um die seit 1973 publizierten oder im Manuskript vorliegenden neuen Texte erweitert. Sie umfaßt nun 81 Gedichte. Die Gedichte sind so geordnet, daß die jüngsten (IX.) vorn und die ältesten (I.) am Schluß stehen. Wer chronologisch lesen möchte, muß hinten anfangen. Wer die Entwicklung der Autorin vom jetzigen Standort zurückverfolgen will, beginnt vorn mit den jüngsten Gedichten. Die Titel der Kapitel entsprechen den Titeln der polnischen Buchpublikationen – ausgenommen die Überschrift des Kapitels IX. Die Gedichte dieses Kapitels sind aus Zeitschriften zusammengetragen, der Titel des zu erwartenden IX. Bandes steht noch nicht fest.

I. Von den ersten, nach 1945 entstandenen Arbeiten nahm Szymborska in ihre späteren Bücher nur fünf auf, erstmals im Jahre 1964 in die Sammlung *Ausgewählte Gedichte (Wiersze wybrane)* der Staatlichen Verlagsanstalt (Państwowy Instytut Wydawniczy) Warschau. Zwei davon liegen übersetzt vor und vermitteln einen Eindruck von den Juvenilia der Autorin. In diesen Gedichten manifestieren sich zwei Grundtendenzen: Zum einen existentielle Skepsis und Melancholie, deren Quelle die Ereignisse des Krieges und ihre Folgen waren –

> Unsere Kriegsbeute ist das Wissen von dieser Welt:
> . . .
> Die Geschichte hatte uns keine Siegesfanfare
>   geschmettert:
> sie hat uns schmutzigen Sand in die Augen gestreut.
> Weite und blinde Straßen lagen vor uns,
> bitteres Brot, vergiftete Brunnen.
> . . .   (***, S. 175)

Zum anderen die Entschlossenheit, sich weder von eigenen Träumen noch von den kollektiven Märchen beirren zu lassen, vielmehr der wahren Welt kritisch und engagiert verbunden zu bleiben.

> . . .
> Ich geh zurück in die wahre Welt
> voll Schicksal, und dunkel, verstrickt –
> zu euch, einarmiger Junge am Tor
> und Mädchen mit müßigem Blick.
>   (*Aus dem Kino kommend*)

II. Von der ersten gedruckten Sammlung der Gedichte – *Deshalb leben wir* (1952) – ließ Szymborska in ihrem späteren Auswahlband nur vier gelten, darunter die ins Deutsche übersetzten *Zirkustiere* und *Aus Korea*. Der Zirkusapplaus für den Spaß mit dressierten Tieren erzeugt Mißvergnügen ob der Kunststücke, die mit »Peitschenknall« und bei »ergreifenden Melodien« erzwungen werden. Die Autorin fühlt sich als Mensch, Erfinder dieser Spiele, beschämt. Von der Zirkusmanege zu den Kriegsspielen in Korea ist nur ein kleiner Sprung. Die tanzenden Tiere bekommen als Belohnung ihren Zucker, der koreanische Büttel einen Dollar. Der Applaus hat in beiden Fällen ein bedenkliches Echo.

III. Ähnliche Erlebnisse und Erfahrungen zwingen Szymborska, die Geschichte, die Umwelt, vor allem aber sich selbst ständig prüfend zu befragen. *Fragen, die ich mir stelle* (1954) heißt der zweite Gedichtband, und diese Fragen sind zu einem Stilmittel erhoben, dem wir seitdem bei Szymborska oft begegnen.

> Wie kalkulierst du Verluste?
> Freundschaften, unerfüllte,
> Welten, in Eis geschlagene.
> Weißt du, daß man die Freundschaft
> mitschaffen muß, wie Liebe?
> . . .
> Gabs in den Fehlern der Freunde
> keine Schuld von dir?
> . . .
> Wieviele Tränen trockneten
> bis du zur Hilfe kamst?
> . . .
> Ist denn von Mensch zu Mensch
> alles so selbstverständlich?

(*Fragen, die ich mir stelle,* S. 161)

Selbstbefragung zu üben, nicht Rechtfertigungen zu

suchen, dies ist die erklärte Absicht der moralisch und gesellschaftspolitisch eifernden Lyrikerin.

IV. Der Band *Rufe an Yeti* (1957) gilt als Szymborskas eigentliches Debut. Er brachte ihrer Dichtung den Durchbruch. Von hier an bewähren sich alle Elemente der Poetik Szymborskas – die die polnische Kritik als »lyrische Novellistik« charakterisiert hat – in zahlreichen Varianten und in überzeugender Prägung.

Die ebenso präzisen wie originellen, äußerst dichten Bilder –

> Schwalbe, Dorn der Wolke,
> Anker der Atmosphäre,
> vollendeter Ikarus,
> himmelfahrender Frack,
>
> Schwalbe, Schönschreibkunst,
> Zeiger ohne Minuten,
> frühe Vogelgotik,
> Silberblick des Himmels . . .
>
> (*Denkwürdigung,* S. 160)

Der Mut zur Umgangssprache in verwandlungsfähiger Stilisierung –

> Ophelia sang die tollen Lieder ab . . .
>
> (*Der Rest,* S. 144)

Die Poetik des Faktischen –

Er baute sich eine Geige aus Glas,
um die Musik zu sehen . . .

(*Prolog zu einer Komödie*, S. 129)

Szymborskas feminine, feinsinnige Klugheit, selbstironisch und illusionslos, ist unverführbar, am wenigsten von der männlichen Ratio. Sie weiß sich gegen diese, diskret und unaufdringlich, mit Ironie und Humor zu wehren und durchzusetzen. Ihr Gedanke ist oft genug grotesk, paradox, doch nachvollziehbar, seine Logik ist letzten Endes unumstößlich.

V. Der zentrale, auch wichtigste Band – *Salz* (1962) – läßt die Problemkreise und die Valeurs dieser eigenartigen Lyrik in ihrer ganzen Vielfalt erkennen. Der Band ist in seiner Summe ein lyrisch geschriebenes Lehrbuch der Verhaltensforschung. Er enthält Lektionen moderner Psychologie und Soziologie, Fallbeispiele, ohne umständliche Thesen, zum Sofortgebrauch geeignet. Von besonderem Reiz ist das naturwissenschaftliche und geschichtsphilosophische Fabulieren, dessen Einsichten betroffen machen.

Ihre »groteske metaphysische Phantastik« (Kwiatkowski) versetzt Szymborska in die Lage, mit den Mitteln der Lyrik ein tief ernstes reales Exempel auch heiter zu statuieren.

In ihrer Arbeit ist die Lyrikerin anspruchsvoll gegen sich selbst, bescheiden dagegen im Auftritt vor dem Leser.

Hier ruht, altmodisch wie das Komma, eine
Verfasserin von ein paar Versen. Die Gebeine
genießen Frieden in den ewigen Gärten,

obwohl sie keiner Literatengruppe angehörten.
Drum schmückt nichts beßres ihre Totenstätte
als dieser Reim, die Eule und die Klette . . .

(*Grabstein,* S. 130)

Man kann sich kaum eine kürzere und in dieser Kürze anschaulichere Stilgeschichte denken als *Rubens' Frauen.* Wer das Gedicht gelesen hat und immer noch nicht weiß, wie sich Barock zur Gotik verhält, nicht nur kunsthistorisch, dem ist mit keiner Galerie zu helfen. Szymborska ist in ihren Bildinterpretationen plastisch, synthetisch im Erfassen thematischer Vielfalt, bündig in der Formgebung. Die lyrischen Kommentare sind mehr als Randbemerkungen zur Kunsttheorie. Sie sind parodierte Sitten- und Menschheitsgeschichte, manchmal liebenswürdige Karikatur wie im *Autorenabend,* immer phantasiebegabte Laune, die anmutige, ja amüsante Blüten treibt. Die »zwei unterschiedlichen Sphären des Bewußtseins, Poesie und Prosa« aus Hegels »Ästhetik« unterscheiden sich bei Szymborska wenig. Die ›richtigen‹ Gedichte sind hier im gleichen Maße ›prosaisch‹, wie die kurzen Prosastücke – narrative poems – poetisch sind. Und der Humor ist hier genauso ernst zu nehmen wie der Ernst belächelt werden darf. Szymborska leidet zum Beispiel darunter, daß ihre Heimat selbst den besten Freunden jenseits der Grenze nur ein *Wörtchen,* eine fremde Vokabel ist, nichts mehr:

La Pologne? La Pologne?
Schrecklich kalt dort, nicht wahr?

(*Wörtchen,* S. 143)

Doch sie leidet lächelnd, ohne tragische Pose. Verglichen mit der deutschen Prosa-Lyrik ist Szymborskas dichterische Prosa keine »Satz-Poetik«, auch keine Ersatz-Poetik; sie ist Grundsatz- und Vorsatz-Poetik.
Wie weit ihre sehr weibliche Lyrik von der üblichen Frauenlyrik entfernt ist, zeigen am besten die Gedichte über die Mann-Frau-Beziehung, wie *Beim Wein, Goldene Hochzeit, Zu nah.* Die Nähe als Hindernis der Anteilnahme. Die goldene Hochzeit als Stichprobe für den Verschleiß der Liebe in ihrer zeitlichen Entartung: der frühere Zweikampf der Unähnlichen zum vertrauten Einerlei erstarrt.
Manchmal sieht die Dichterin die Welt in einem Wassertropfen, und dann sieht sie klar –

> Wie leicht ist das alles in einem Wassertropfen.
> Wie behutsam berührt mich die Welt.
>
> Was immer wann immer wo immer geschah,
> es steht geschrieben im Wasser Babel.

(*Wasser,* S. 123)

Manchmal sieht sie die Welt im *Museum,* vergeblich geworden, ad acta gelegt. Erledigt.

> Teller, aber kein Appetit.
> Ringe, doch ohne Gegenliebe ...
> Aus Mangel an Ewigkeit wurden
> zehntausend alte Gegenstände versammelt ...

Was sie am meisten betrauert, ist die Kluft zwischen der toten und der lebendigen Natur.

Die Krone überdauerte den Kopf.

(*Museum,* S. 146)

Das »carpe diem«, das Verweilen bei dem Augenblick, der schön wäre, ist ihr versagt. Sie sieht die Dinge räumlich und zeitlich mehrfach und folglich folgenschwer, im Weltzusammenhang, mit Hintergrund und Vorgeschichte, zugleich differenziert im Detail, was ihre minutiösen Beobachtungen der Natur beweisen. Der Wassertropfen, der auf ihre Hand fiel, machte ihr seine Herkunft bewußt. Die Kunde von diesem Wassertropfen ist eine Kunde von der Gleichzeitigkeit alles Lebenden. Den Weg des Wassertropfens deutet sie als die erkenntnispraktische Wanderschaft vom Mikrokosmos zum Makrokosmos. Die Philosophien, die sie zitierend, paraphrasierend oder parodierend einbezieht, stammen von Heraklit, Kant, Bergson, Heidegger oder Sartre; am häufigsten aber aus der eigenen Betrachtung der Materie und des Geistes.

Im Fluß des Heraklit
fischen Fische nach Fischen,
zerlegen Fische Fische mit einem scharfen Fisch,
bauen Fische Fische, wohnen Fische in Fischen,
fliehen Fische aus belagerten Fischen . . .
Im Fluß des Heraklit
bin ich Einzelfisch, Sonderfisch . . .

(*Im Fluß des Heraklit,* S. 121)

Von Hiob erzählt sie, wie Leszek Kołakowski es getan hätte: das Einzelschicksal bekommt philosophisches Gewicht und politische Aktualität, das heißt neue Gültigkeit.

> Hiob läßt es gut sein. Hiob ist bereit. Er beschließt,
> dem Meisterwerk nicht mehr im Wege zu stehen.
>
> (*Kurzfassung*, S. 122)

Um sich dem Tragischen nicht restlos preiszugeben, läßt sie ihre Helden und Götter in ein menschliches, allzu menschliches Parlando verfallen –

> Ophelia, Dänemark möge dir und mir vergeben,
> ich falle in Flügeln, ich überlebe in praktischen
> Krallen.
> Non omnis moriar aus Liebe. (*Der Rest*, S. 144)

– ohne daß die humane Rede auf die humanistische Pointe verzichten müßte.
Hiob, der Aufbegehrende, kapituliert. Hiob demütigt sich vor dem Herrn, der nicht zum Thema zu sprechen wünscht. Hiob übt Selbstkritik, *Hiob ist bereit*. – Er bekommt seine Maultiere, Ochsen und Schafe wieder zurück. Auf seinem zur Strafe kahlgewordenen Schädel wachsen wieder Haare.
VI. Unter den *Hundert Freuden* (1967) ist die allerfreudigste die *Freude am Schreiben;* das Schreiben als demiurgischer Akt, die Welt nach eigenem gusto (*zweite, verbesserte Ausgabe,* stand einmal in ihren früheren Gedichten) zu erschaffen und einzurichten. Eine beschrie-

bene, also erst eigentlich wahrgenommene, beglaubigte Welt.

Hier herrschen andre Gesetze, schwarz auf weiß.
Hier dauert jeder Moment so lange, wie ich
 es will . . .
. . . eine Welt,
deren unabhängiges Schicksal ich bestimme.
. . .
Freude am Schreiben.
Möglichkeit des Erhaltens.
Rache der sterblichen Hand.

(*Freude am Schreiben,* S. 115)

Scheinbar ist alles, was Szymborska schreibt, einfach. Und doch erscheint es ratsam, bei der Lektüre der Gedichte ab und zu im Gedächtnis oder im Lexikon nachzuschlagen, zum Beispiel *Tarsius* lesend. In Meyers Lexikon erfährt man, daß Tarsius ein winziger Halbaffe ist, eine neben den Lemuriden angezeigte, bekannte Unterordnung »langsam kletternder, früchte- oder allesfressender nächtlicher Säugetiere«, »14 cm lang mit 24 cm langem Schwanz, braungrau«. Und Meyer zählt zu den Tarsidae vor allem den Gespenstermaki und den Koboldmaki. Diese Makis – unbeachtet, zurückgeblieben, unterentwickelt, aber deshalb auch ungefressen und unverwertet von den Wesen höherer Entwicklungsstufe – bleiben am Leben.

Kontrapunktisch zu Schwierigkeitsgrad und Gewicht des Themas verhält sich meist die Sprache dieser Dichtung. Sie ist aus trockenen Konventionalismen zusammengesucht, ja ausgesucht, scheinbar banal, um den Augenblick gegen die Ewigkeit deutlicher abzusetzen, den winzigen Platz, den wir einnehmen, gegen das Universum abzugrenzen.

> Teure Sirenen, so hat es sein müssen,
> liebe Faune . . . (*Thomas Mann*, S. 102)

Der zweite Satz in diesem Gedicht umfaßt dreizehn Zeilen. Dieser Schachtelsatz führt uns, wie in einem wunderlichen Barockschrank von Schubfach zu Schubfach, von einer Entdeckung zur andern, bis zu der letzten, wo, am Ende der langen Evolutionsreihe, das Säugetier mit der wasserdichten Uhr und mit dem Füllfederhalter zwischen den »Flossen« als Spitzenerzeugnis der Natur sich produziert. Diesen Augenblick der Geschichte hat die Natur verpaßt, verschlafen. Das Ganze – Thomas Mann gewidmet, Anspielung auf Professor Kuckucks Suada, und nicht ohne Ironie gegen den Ironiker – ist ein lächelnder Kommentar zum Zustand der Natur und ihres Auswahlprinzips. Ganz anders, lapidar und dürftig, hört sich die Vernehmung der vietnamesischen Mutter an *(Vietnam)*, noch anders wird uns die Anatomie des Luftsprungs eines *Akrobaten* veranschaulicht, ganz anders die Seelenlosigkeit des professionellen Interviews im Gedicht *Pieta* ins Gewissen geredet.

Kulturgeschichte, im grauen Kleid der Alltagssprache und Alltagsvorgänge, von großer Reichweite und Spannkraft.

VII. Das Stichwort des folgenden Gedichtbandes – *Alle Fälle* (1972) – schließt alle möglichen Formen der Fall-Sucht – von Fall zu Fall, jedenfalls, fallweise – im Konditionalis ein. Das *Massenfoto* zeigt die statistische Person ohne den narzißtischen Effekt und ohne Heroisierung, auch ohne jede Spur von Selbstmitleid; nüchtern, gewappnet, stoisch – vielleicht mit einer winzigen Prise ironischer Koketterie. Die tapfere Zurückweisung der im *Werbeprospekt* angepriesenen Schmerztablette, des »chemischen Mitleids«, verbirgt einen ängstlichen Hintergrund, die Befürchtung, daß wir den Augenblick, den tödlichen, bedenkenlos überleben könnten. Die *Eindrücke aus dem Theater* haben den Höhepunkt nach dem fünften Aufzug, wenn der Vorhang fällt, wenn das Opfer neben dem Henker, Rebell und Tyrann sehr friedlich und Hand in Hand ihren Beifall erheischen, ihre Kunst der Verbeugungen darbieten, auch die zu diesem Zwecke wiedererstandenen Toten und Verschollenen –

> Zu denken, daß sie geduldig hinter Kulissen
> warteten,
> immer noch kostümiert,
> ohne sich abzuschminken,
> rührt mich stärker als alle Tiraden des Dramas.
>
> (*Eindrücke aus dem Theater,* S. 87)

Die Figuren dieses theatrum mundi muten wie Marionetten an; deshalb kommen sie dem Leben so erschreckend nahe.

Unüberhörbar sind die *Stimmen* der Geschichte, die ein

falsches Echo überliefern, eine falsche Herkunft vortäuschen, ein falsches Ziel vorgeben und ein falsches Zeugnis sprechen. Man durchschaue die Habgier der Roma aeterna, der Großen, die sich als Kulturträger, als Schutzmächte, als Protektoren verstanden sehen möchten, wenn sie bieder und gefällig argumentieren:

Die kleinen Völker haben kleinen Verstand.
Immer weitere Kreise zieht der Stumpfsinn um uns.
Tadelnswerte Sitten. Rückständige Gesetze.
Unwirksame Götter ...
Bedauernswert sind die kleinen Völker.
Ihr Leichtsinn verlangt hinter jedem neuen Fluß
nach Aufsicht ...
Ich fühle mich bedroht von jeglichem Horizont.
So sehe ich das Problem ...

So sehen das Problem der Sieger und die Geschichte. Szymborska sieht es anders. Ihre *Entdeckung* ist ein Credo des Unglaubens an den Menschen, die Entdeckung der Nichtigkeit und Eitelkeit dessen, womit dieser Mensch ungeachtet seiner Talente sich abplagt, weswegen er Kriege führt und Kerker erfindet.

Ich glaube an die Angst des Menschen ...
Ich glaube an die Blässe seines Gesichts ...
... den kalten Schweiß auf der Lippe.
... an das Verbrennen der Niederschriften,
... an das Verschütten der Zahlen,
... an das Zerschlagen der Tafeln,

an das Vergießen der Flüssigkeiten,
an das Erlöschen der Flamme.

Mir kreisen diese Worte über den Regeln.
Sie suchen keine Stütze bei den Exempeln.
Mein Glaube ist fest, blind und ohne
Begründung.

(*Entdeckung*, S. 76)

Dem Unglauben an den Menschen gegenüber steht, genauso »fest«, aber nicht »blind und ohne Begründung« der Glaube an die geringe Kreatur, den Käfer, den Vogel, den Fisch, die Lemuren, die die Autorin gegen die ungerechtfertigte Vorrangstellung des Menschen in Schutz nimmt. Die Evolution der Natur, und was daraus wird, beschäftigt sie unentwegt. Ihre Reflexion sucht die urgeschichtliche und die kosmische Perspektive, wenn sie ausruft: *Seht von den Sternen auf euch*. Wenn sie ihren wirkungsvollsten Standpunkt, den der Distanz, bezieht.

VIII. Szymborskas Distanz und Skepsis gelten vor allem der großen Zahl. *Die große Zahl* (1976) erschien in 10 000 Exemplaren und war, wie die meisten ihrer Gedichtbücher, nach einer Woche vergriffen. Damit sei nebenbei auch etwas von den Lesegewohnheiten und Bedürfnissen des polnischen Lesers verraten. Denn eine Rezeptionsästhetik am Beispiel der Szymborska würde uns viel vom Nationalcharakter, von der »polnischen Seele« mitteilen. Das Besondere, so Szymborska, widersetzt sich dem Zwang der großen Zahl, der Verallgemeinerung, der Masse.

Vier Milliarden Menschen auf dieser Erde,
und meine Vorstellungskraft ist wie sie immer war.
Sie tut sich schwer mit den großen Zahlen.
Noch rührt sie die Einzelheit ständig.

(*Die große Zahl,* S. 63)

Szymborskas Proteste sind mild, zugegeben, aber ohne Resignation oder gar Kapitulation. Ob sie das Frauenbildnis zeichnet, oder über die möglichen Gründe von Lots Frau nachsinnt, sie hört nicht auf, gegen die Widernatürlichkeit menschlicher und territorialer Grenzziehung zu argumentieren, den Fortschritt im wissenschaftlichen Experiment dem Rückschritt im praktischen Glück gegenüberzustellen und den braven Betrug zu entlarven, den die *Mittelalterliche Miniatur*, die lauter schöne Erzsuperlative züchtet, uns überliefert. Dabei

Kein allereinzigstes der Probleme
. . .
Nicht einmal den klitzekleinsten Galgen
. . .
Nicht die Spur vom Schatten eines Zweifels

andeutet.
Die wechselnden Perspektiven weiten den Horizont. Der Blickwinkel ändert und schärft sich im Erleben einer scheinbaren Belanglosigkeit ständig.
Formenreichtum und dennoch stilistische Eigenart und Einheit, dies ist Szymborskas Werkstattgeheimnis. Ihre Kunst besteht »in der seltenen Einfachheit des

Raffinements und im Raffinement der Einfachheit« (Krzysztof Mętrak, *Kultura*).
IX. Das neueste Buch, dem wir hier den Titel *Überfluß* geben, ist noch im Werden. Es setzt die Befragung und die Beweisführung fort, die wir aus den früheren Büchern kennen, ohne deren Themen zu wiederholen.

Zur Beschreibung der poetologischen Absichten der Szymborska finden wir bei ihr selbst keine Anhaltspunkte. Nur einer ihrer Sammelbände enthält ein kurzes Vorwort von vierunddreißig Zeilen, in dem sie ihre Scheu, ein poetisches Manifest zu formulieren, begründet. »Ich würde mir vorkommen wie ein Insekt, das aus unbegreiflichen Gründen sich selbst in eine Gablotte treibt und auf eine Nadel aufspießt.« Wer lebt, meint sie, sei entwicklungsfähig. Die Tatsache, daß sie noch lebt, erlaube ihr nicht, sich selbst endgültig zu bestimmen. Sie wisse nicht einmal, was Poesie sei, was diese von der Kunstprosa unterscheide. »Die kleinere Zahl der gebrauchten Wörter? Nun ja. Aber weder ist der Reim ihre Voraussetzung, noch der Rhythmus ihr unabdingbarer Besitz, noch die offene Subjektivität ihr unteilbares Privileg. Eine lustige Verwirrung, eine besorgniserregende Komplikation, die den Anhängern traditioneller Zuordnungen den Schlaf von den Lidern treiben mag.«
Szymborskas Lyrik kennt keine Formeln, keine Schablonen und keine Raster. Sie ist von Gedicht zu Gedicht auf neue Weise erfinderisch. Im soeben zitierten Vorwort beruft sie sich auf einen Satz von Montaigne:

»Seht doch, wieviel Enden dieser Stock hat!« Ihr sei es völlig gleichgültig, ob dieser Satz in Prosa oder in Gedichtform geschrieben worden ist, es genüge ihr, bekennt sie, daß Montaigne »um sein Erstaunen auszudrücken, Worte fand, die man nicht vergessen kann. Nein, ich habe kein poetisches Programm . . . Ich habe nur dieses Motto – als unerreichtes Muster der Kunst des Schreibens und als ständige Ermunterung, mit Gedanken die Offensichtlichkeit zu überschreiten.«
In diesen Gedichten ist jedenfalls alles Flüssige, alles Überflüssige aus der Beobachtung herausdestilliert. Kein Tränenwasser, kein galliger Geruch trübt die reine Erkenntnis. Übriggelassen wird nur das Endkristall – das Salz: der wertbeständige Sinn, die Ratio des letzten Gefühls.

IX. Überfluß

Nadmiar

1980

Überfluß

Ein neuer Stern ist entdeckt,
was nicht bedeutet, es wäre heller geworden
und etwas, was fehlte, wäre hinzugekommen.

Der Stern ist groß und fern,
so fern, daß wiederum klein,
kleiner sogar als die andern,
die noch viel kleiner sind.
Verwunderung wäre hier nicht verwunderlich,
hätten wir dafür Zeit.

Das Alter des Sterns, die Masse des Sterns, die Lage
des Sterns,
das alles reicht womöglich zu einer Doktorarbeit
und für ein bescheidenes Gläschen Wein
in Kreisen, die nahestehen dem Himmel –
dem Astronom, seiner Frau, den Verwandten und den
Kollegen –
ohne Kleiderzwang, bei aufgelockerter Stimmung.
Lokale Themen beherrschen die Konversation,
und Erdnüsse werden geknabbert.

Der Stern ist herrlich,
aber das ist noch kein Grund,
aufs Wohl der uns unvergleichlich näher stehenden
Damen
nicht anzustoßen.

Ein Stern ohne Konsequenz.
Ohne Einfluß auf Wetter, Mode, das Spielergebnis,
auf Einkommen, Regierungswechsel, die Krise der
Werte.

Ohne Folgen für die Propaganda, die Schwerindustrie.
Ohne Abbild auf der Politur am Konferenztisch.
Überzählig für die gezählten Tage.

Wozu hier fragen,
unter wie vielen Sternen der Mensch geboren werde,
unter wie vielen Sternen er nach einer Weile sterbe?

Ein neuer.
– Zeige mir wenigstens, wo er ist.
– Zwischen dem Rand dieses grauen ausgefransten
Wölkchens
und jenem Akazienzweig, weiter links, ja dort.
Ich sage – aha.

Heimlichkeiten mit den Toten

Bei welcher Gelegenheit träumst du von den Toten?
Denkst du an sie, bevor du einschläfst, oft?
Wer erscheint dir als erster?
Immer derselbe?
Vorname? Name? Sterbedatum? Friedhof?

Worauf berufen sie sich?
Die alte Bekanntschaft? Verwandtschaft? Heimat?
Sagen, woher sie kommen?
Wer steht hinter ihnen?
Und wem außer dir erscheinen sie noch im Traum?

Ob ihre Gesichter dem Lichtbild ähneln?
Sind sie im Laufe der Jahre gealtert?
Rüstig? Verhärmt?
Hatten die Wunden der Hingerichteten Zeit zu
vernarben?
Erinnern sie sich, wer sie umgebracht hat?

Was halten sie in der Hand – beschreibe die Dinge.
Vermodert? Verrostet? Verkohlt? Morsch?
Was steht in den Augen – Drohung? Bitte? Welche?
Reden sie miteinander nur vom Wetter?
Von Vögeln? Blumen? Von Schmetterlingen?

Stellen sie Fragen, besorgniserregende?
Was antwortest du ihnen dann?
Anstatt mit Umsicht zu schweigen?

Das Thema verlegen zu wechseln?
Rechtzeitig aufzuwachen?

Erstarrung

Miss Duncan, die Tänzerin,
das Wölkchen, der kleine Zephir,
der Mondschein auf einer Welle, die Schwingung, der
Hauch eines Atems.

Wenn sie so dasteht im Lichtbilderatelier,
körperlich der Musik, der Bewegung entzogen,
der Pose zum Fraß vorgeworfen,
zum falschen Zeugnis bestellt.

Die dicken Arme über den Kopf erhoben,
das Knäuel der Knie unter der kurzen Tunika frei,
der linke Fuß, vorgesetzt, die Ferse nackt, die Zehen,
5 Fußnägel (wörtlich fünf).

Ein Schritt aus der ewigen Kunst in die künstliche
Ewigkeit –
es fällt mir schwer zu meinen, der Schritt sei besser als
nichts
und richtiger als überhaupt nicht.

Hinter dem Paravent das rosa Korsett, das Täschchen,
im Handtäschchen das Billett für die Dampferpassage,
die Abfahrt ist morgen, das heißt vor sechzig Jahren,
dann also niemals; doch pünktlich um neun in der
Frühe.

VIII. Die große Zahl

Wielka liczba

1976

Die Zahl Pi

Bewundernswert ist die Zahl Pi
drei Komma eins vier eins.
Auch alle Folgeziffern sind nur ihr Anfang
fünf neun zwei weil sie niemals endet.
Sie läßt sich nicht fassen *sechs drei fünf* mit einem Blick,
acht neun mit einer Berechnung
sieben neun mit der Phantasie,
sogar *drei zwei drei acht* einem Scherz das heißt einem
    Vergleich
vier sechs mit irgend etwas
zwei sechs vier drei in der Welt.
Die längste Schlange der Erde reißt nach ein paar
    Metern ab.
Ähnlich, zwar etwas später, tun's die Fabelschlangen.
Der Zug der Ziffern, aus denen die Zahl Pi besteht,
hält nicht am Rande des Zettels an,
er vermag sich über den Tisch, durch die Lüfte zu
    dehnen,
durch Mauern, Blätter, Vogelnester, Wolken, stracks
    zum Himmel,
durch alle himmlische Aufgeblasenheit und
    Bodenlosigkeit auch.
O wie so kurz, wie mauskurz ist der Kometenschweif!
Wie schwach der Strahl des Sterns, daß er sich krümmt
    in beliebigem Raum!

Und hier *zwei drei fünfzehn dreihundert neunzehn*
meine Fernsprechnummer deine Kragenweite

das Jahr eintausend neunhundert dreiundsiebzig sechster Stock
Einwohnerzahl fünfundsechzig Groschen
der Hüftumfang zwei Finger Scharade und Chiffre,
in welcher *meine Nachtigall, flieg und sing*
ebenso *bitte Ruhe bewahren,*
wie *Himmel und Erde vergehn,*
nicht aber die Zahl Pi, oh nein, die nicht,
sie hat immer noch ihre gar nicht üble *fünf,*
nicht irgendeine *acht,*
nicht letzte *sieben,*
wenn sie, ach, wenn sie die träge Ewigkeit antreibt
zum Dauern.

Utopia

Die Insel, auf der sich alles klärt.

Hier steht man auf dem Boden der Beweise.

Hier gibt es keine anderen Wege außer dem Weg des
Eingangs.

Die Sträucher sind brechend vor Antwort.

Hier wächst der Baum der Richtigen Aussicht
mit den für ewig entworrenen Zweigen.

Der strahlend einfache Baum der Einsicht
am Quell, genannt Ach So Ist Das Also.

Je tiefer waldeinwärts, umso breiter öffnet sich
das Tal der Selbstverständlichkeit.

Und gibts einen Zweifel, dann verweht ihn der Wind.

Das Echo meldet sich ungerufen
und klärt die Weltgeheimnisse willig.

Rechts ist die Höhle, dort lagert der Sinn.

Links liegt der See der Tiefen Überzeugung.
Vom Boden löst sich die Wahrheit und schwimmt
mühlos nach oben.

Über das Tal erhebt sich die Unbeugsame Gewißheit.
Von ihrem Gipfel breitet sich aus der Sinn der Dinge.

Die Insel ist leer, allen Reizen zum Trotz,
die an den Ufern sichtbaren kleinen Spuren
von Füßen führen ausnahmslos ins Meer.

Als ginge man hier nur fort
und tauchte ohne Rückkehr in die Flut.

Im Leben gar nicht zu fassen.

Ein Leben im Handumdrehen

Ein Leben im Handumdrehen.
Eine Aufführung ohne Probe.
Ein Körper ohne Maß.
Ein Schädel ohne Bedacht.

Ich kenne die Rolle, die ich spiele, nicht.
Ich weiß nur, sie ist unauswechselbar, mein.

Wovon das Stück handelt,
werde ich erst auf der Bühne erraten.

Dürftig gerüstet dem Leben zum Ruhm,
ertrage ich das mir aufgezwungene Tempo mit Mühe.
Ich improvisiere, obwohl ich das Improvisieren
    verwerfe.
Ich stolpere auf Schritt und Tritt über die Unkenntnis.
Mein Sosein schmeckt nach Provinz.
Meine Instinkte sind Dilettantismus.
Das Lampenfieber, das mich rechtfertigt, demütigt
    um so mehr.
Die mildernden Umstände scheinen mir grausam.

Nicht rücknehmbar sind die Worte und Gesten,
die Sterne nicht zählbar,
und der Charakter, gleich einem Mantel, im Laufen zu
    Ende geknöpft –
das sind die kläglichen Folgen der Eile.

Probte man wenigstens rechtzeitig einen Mittwoch,
oder man wiederholte den Donnerstag doch!
Aber schon naht der Freitag mit dem mir fremden
Dialog.
Ist das in Ordnung – frag ich
(mit heiserer Stimme,
denn nicht einmal hüsteln durfte ich hinter Kulissen).

Es täuscht der Gedanke, die Bewährung sei
nebensächlich,
überflüssig, in provisorischen Raum verwiesen. Nein.
Ich steh vor den Dekorationen und seh, wie solide sie
sind.
Die Präzision verschiedener Requisiten fällt auf.
Der Drehmechanismus funktioniert seit geraumer
Zeit.
Sogar die entferntesten Nebel sind angezündet.
Kein Zweifel, es ist die Premiere.
Und was ich auch tue,
verwandelt sich ein für alle Male in das, was ich tat.

Rezension eines nicht geschriebenen Gedichts

Gleich zu Beginn
stellt die Autorin fest, daß die Erde klein ist,
der Himmel dagegen übertrieben groß,
und Sterne, ich zitiere: »gibt es dort mehr als genug«.

In der Beschreibung des Himmels scheint die Autorin
    ein bißchen ratlos,
verloren im furchtbaren Weltraum,
entsetzt ob der Starrheit so vieler Planeten,
und deshalb regt sich in ihrem (wir fügen hinzu:
    ungenauem) Verstand
bald die Frage,
ob wir die einzigen seien
unter der Sonne, ja unter allen Sonnen der Welt?

Trotz der Wahrscheinlichkeitsrechnung!
Der weltweiten Überzeugung!
Der unschlagbaren Beweise, die uns sofort
geliefert werden könnten! Ach, Poesie.

Inzwischen kehrt die Prophetin zur Erde zurück,
zum Planeten, der möglicherweise »ohne Zeugen
    rollt«,
zur einzigen »science fiction, die sich der Kosmos
    leistet«.
Pascals Verzweiflung (1623-1662, Anm. d. R.),
meint die Autorin, sei konkurrenzlos
auf Andromeda wie auch auf Kassiopeia.

Die Ausschließlichkeit multipliziert und verpflichtet,
so taucht die Frage auf, wie denn leben et cetera,
denn »dieses werde die Leere für uns nicht
entscheiden«.
»Mein Gott, ruft der Mensch zu Sich Selbst,
erbarme dich meiner, erleuchte . . .«

Es quält die Autorin, ans Leben zu denken, das wir
leicht vergeuden,
als sei sein Vorrat endlos.
An Kriege, die – wie sie beharrlich behauptet –
immer auf beiden Seiten verloren werden.
An das »Bestaaten« (sic!) der Menschen durch
Menschen.
Moralische Absicht durchschimmert das Werk.
(Sie blitzte bei einer minder naiven Feder womöglich
heller.)

Leider, nun. Diese im Grunde riskante These
(ob wir die einzigen seien
unter der Sonne, ja unter allen Sonnen der Welt)
und ihre stilistisch lässige Ausarbeitung
(Gemisch von Gespreiztheit und Straßenjargon)
bewirken – wer glaubt schon daran?
Sicherlich niemand. Eben.

Frauenbildnis

Sie hat auswählbar zu sein.
Sich zu verändern, damit sich ja nichts verändert.
Das ist sehr leicht, unmöglich, schwer, es lohnt den
 Versuch.
Sie hat Augen, wenns sein muß, mal blau, mal grau,
dann schwarz, froh, grundlos mit Tränen gefüllt.
Sie schläft mit ihm wie die erste beste, die einzige auf
 der Welt.
Sie wird ihm vier Kinder gebären, keine Kinder, eins.
Naiv, doch sie rät am besten.
Schwach, aber sie erträgt es.
Fehlt ihr ein Kopf auf dem Nacken, dann besorgt sie
 sich einen.
Ihre Lektüre sind Jaspers und Frauenjournale.
Sie weiß nicht, wozu dieses Schräubchen gut ist, aber
 sie baut eine Brücke.
Jung, wie üblich jung, noch immer jung.
Sie hält einen Spatz mit gebrochenem Flügel in
 Händen,
eigenes Geld für die weite und lange Reise,
das Hackmesser, die Kompressen, ein Gläschen
 Klaren.
Wohin sie auch liefe, sie ist nicht müde.
Doch nein, ein wenig, ziemlich, es macht nichts.
Entweder sie liebt ihn, oder sie trotzt.
Zum Guten, zum Unguten, zum Gotterbarm.

Einsiedelei

Ich dachte, der Einsiedler wohne in einer Wüste,
aber er wohnt im Häuschen mit Garten
im lustigen Birkenwäldchen,
zehn Minuten von der Chaussee,
am markierten Pfad.

Du mußt nicht heimlich nach ihm von weitem durchs
Fernglas spähen,
du kannst ihn ganz nahe sehen, hören,
wie er einer Exkursion aus Wieliczka geduldig erklärt,
warum er die strenge Einsamkeit wählte.

Er hat eine graubraune Kutte,
den langen Graubart,
rosige Wangen
und blaue Augen.
Er erstarrt vor dem Rosenstrauch
für ein Farbfoto gern.

Stanley Kowalik aus Chicago schießt gerade.
Er verspricht, einen Abzug zu schicken.

Inzwischen trägt sich die wortkarge Oma aus Bydgoszcz,
die niemand, außer den Inkassanten, besucht,
ins Gästebuch ein:
Gott seis gelobt,
daß Er im Leben
mich einen echten Einsiedler sehen ließ.

Die Jugend trägt sich ein in die Baumrinde mit dem
Messer:
Spiritualsi 75 Treffpunkt unten.

Was ist nur mit Bari los, wo steckt denn Bari.
Bari liegt unter der Bank und gefällt sich als Wolf.

Lob der Schwester

Meine Schwester schreibt keine Gedichte
und wird wohl nicht plötzlich Gedichte zu schreiben
beginnen.
Sie hat's von der Mutter, die keine Gedichte schrieb,
und auch vom Vater, der keine Gedichte schrieb.
Unter dem Dach meiner Schwester fühle ich mich
gesichert:
der Mann meiner Schwester schriebe um nichts in der
Welt Gedichte.
Und klingt es auch wie ein Werk von Adam
Mazedonski,*
niemand von meinen Verwandten befaßt sich mit dem
Schreiben von Versen.

In den Schubladen meiner Schwester gibt's keine alten
Gedichte,
in ihrer Handtasche keine frisch geschriebenen
Gedichte.
Und lädt meine Schwester zum Mittagessen ein,
dann nicht um Gedichte vorzulesen, das weiß ich.
Ihre Suppen sind vorzüglich ohne Vorsatz,
und der Kaffee wird nie über Manuskripte verschüttet.

* Adam (»heiliger« Vorname des polnischen romantischen Dichterfürsten Mickiewicz)
Mazedonski (ironische Anwendung auf Mickiewicz und Polonisierung des Namens Alexander des Großen, den die Polen als Alexander der Mazedonier bezeichnen)

In vielen Familien werden keine Gedichte geschrieben,
und wenn – dann kaum von einer Person allein.
Manchmal fließt Poesie mit Geschlechterkaskaden
    dahin,
was in den Gefühlsbeziehungen schlimmen Wirbel
    stiftet.

Meine Schwester pflegt eine rechte mündliche Prosa,
die Urlaubskarten sind ihre ganze Schriftstellerei,
darin sie jedes Jahr dasselbe verspricht:
sie werde nach ihrer Rückkehr alles
                                alles
                                alles erzählen.

Mittelalterliche Miniatur

Über den allergrünsten Hügel,
im allerberittensten Gefolge,
in allerseidigsten Mänteln.

Zur Burg der sieben Türme,
und jeder ist allerhöchst.

Allen voran der Fürst,
aufs schmeichelhafteste unbeleibt,
neben dem Fürsten Frau Fürstin,
wunderbar jung, allerjüngst.

Danach ein paar Hofdamen, wahrlich
wie gemalt,
daneben ein allerknabenhaftester Page,
und auf dem Arm des Pagen
etwas höchst Affiges mit
allerlustigstem Schnäuzchen
und Schwänzchen.

Danach gleich drei Ritter,
und jeder verdoppelt, verdreifacht,
und schaut der eine keck,
dann blickt der andere drall,
sitzt einer auf braunem Roß,
dann aber, Verehrtester, auf dem allallerbraunsten,
und alle reiten, als streiften sie mit den Hüflein
die allerfeldweghaftesten Tausendschönchen.

Wer aber traurig und wer geplagt ist,
ein Loch im Ärmel, ein Schielauge hat,
der ist hier am allerdeutlichsten nicht zu sehen.

Kein allereinzigstes der Probleme,
ob bürgerlich oder bäuerisch,
ist unter dem allerblauesten Himmel zu merken.

Nicht einmal den klitzekleinsten Galgen
erspäht das falkenhafteste Auge,
nicht eine Spur vom Schatten des Zweifels.

So ziehn sie denn goldigst dahin
in hochfeudalstem Realismus.

Dieser hatte immerhin für Gleichgewicht gesorgt:
die Hölle hielt er bereit auf einem anderen Bildchen.
Oh, das verstand sich von
allerselbst.

Der Terrorist, er sieht zu

Die Bombe krepiert in der Bar um dreizehn zwanzig.
Jetzt ist erst dreizehn sechzehn.
Einige schaffen es noch, das Lokal zu betreten.
Andere es zu verlassen.

Der Terrorist ist bereits auf die andere Straßenseite
gegangen.
Diese Entfernung schützt ihn vor allem Übel,
und die Sicht ist genau wie im Kino:

Die Frau in der gelben Jacke geht rein.
Der Mann mit der dunklen Brille kommt raus.
Die Jungen in Jeans unterhalten sich noch.
Dreizehn siebzehn und vier Sekunden.
Der Kleinere, der hat Glück und besteigt den Roller,
der Größere geht hinein.

Dreizehn siebzehn und vierzig Sekunden.
Ein Mädchen mit grünem Band im Haar kommt näher.
Nur daß der Bus sie plötzlich verdeckt.
Dreizehn achtzehn.
Das Mädchen ist weg.
Ob sie so dumm war, reinzugehen, oder auch nicht,
das wird sich später zeigen, wenn die Leichen
herausgetragen werden.

Dreizehn neunzehn.
Niemand geht rein.

Dafür kommt ein Dicker mit Glatze noch raus.
Doch so, als suchte er etwas in seinen Taschen, und
    geht
zehn Sekunden vor dreizehn zwanzig
zurück, seinen elenden Handschuh zu holen.

Es ist dreizehn zwanzig.
Wie sie sich schleppt, die Zeit.
Wohl jetzt.
Noch nicht.
Ja, jetzt.
Die Bombe
krepiert.

Das Experiment

In einem Kurzfilm vor einem Hauptfilm –
in dem die Schauspieler taten, was sie nur konnten,
mich zu ergreifen, sogar zum Lachen zu bringen –
zeigte man ein interessantes Experiment
mit einem Kopf.

Der Kopf
gehörte soeben noch zu –
nun war er amputiert,
jeder konnte es sehen, ihm fehlte der Rumpf.
Vom Nacken hingen die Röhrchen des Apparats,
durch den das Blut weiter kreisen konnte.
Der Kopf
war wohlauf.

Ohne ein Zeichen von Schmerz, nicht einmal
Verwunderung
folgte er mit dem Blick der Bewegung des Lämpchens.
Spitzte die Ohren, wenns klingelte.
Er unterschied mit feuchter Schnauze den
Speckgeruch
vom geruchlosen Nichts
und ließ, sich mit deutlichem Wohlgefallen das Maul
beleckend,
den Speichel rollen zum Ruhme der Physiologie.

Treuer Hundekopf,
gutmütiger Hundekopf,

als man ihn streichelte, schloß er zur Hälfte die Augen
im Glauben, er sei nach wie vor ein Teil einer Ganzheit,
die unter Kosungen ihren Rücken krümmt,
mit dem Schwanze wedelt.

Ich dachte ans Glück und verspürte Angst.
Denn ging es im Leben nur darum,
war dieser Kopf ja
glücklich.

Von oben betrachtet

Ein toter Käfer liegt auf dem Feldweg,
drei Beinpaare sorgsam gefaltet auf dem Bauch.
Statt Todeswirrnis – Sauberkeit, Ordnung.
Das Grauen dieses Anblicks ist gemäßigt,
die Reichweite streng lokal von der Quecke zur Minze.
Die Trauer teilt sich nicht mit.
Der Himmel ist blau.

Unserem Frieden zuliebe sterben die Tiere nicht,
sie krepieren sozusagen den seichteren Tod,
verlieren – wir wollen es glauben – weniger Welt und
  Gefühl,
verlassen – so will uns scheinen – die weniger tragische
  Bühne.
Ihre fügsamen Seelen schrecken uns nicht in der Nacht,
sie wahren Distanz,
kennen die *mores*.

Und so denn glitzert der tote Käfer am Weg,
unbeweint, der Sonne entgegen.
Es genügt, an ihn für die Dauer des einen Blicks zu
  denken:
er liegt, als wäre ihm nichts von Bedeutung passiert.
Bedeutung betrifft angeblich nur uns.
Nur unser Leben, nur unseren Tod,
den Tod, der erzwungenen Vorrang genießt.

Lots Frau

Angeblich sah ich zurück aus Neugier.
Außer der Neugier hätt ich auch andere Gründe haben
können.
Ich sah zurück, weil mir die Silberschale leid tat.
Versehentlich – als ich den Riemen festband an der
Sandale.
Um nicht noch länger in den gerechten Nacken Lots,
meines Mannes, zu blicken.
Aus plötzlicher Überzeugung, er hielte nicht einmal
an,
wenn ich stürbe.
Aus Ungehorsam der Demutsvollen.
Auf die Verfolger lauschend.
Gerührt von der Stille, hoffend, Gott habe seinen
Beschluß geändert.
Unsere beiden Töchter verschwanden hinter der
Hügelkuppe bereits.
Ich spürte das Alter in mir. Die Entfernung.
Die Schläfrigkeit. Leere des Wanderns.
Ich sah zurück, als ich das Bündel zu Boden legte.
Ich sah zurück vor Angst, wohin die Schritte lenken.
Schlangen kreuzten den Weg,
Spinnen, Feldmäuse, Geierkücken.
Weder Gutes noch Böses – einfach alles, was lebte,
kroch und hüpfte in Massenpanik.
Ich sah aus Verlassenheit zurück.
Aus Scham, ich hätte zu eilig die Flucht ergriffen.
Aus Lust, jetzt aufzuschreien, umzukehren.

Oder erst dann, als der Wind
meine Haare löste und das Kleid mir nach oben blies.
Ich meinte, man sehe es von den Mauern Sodoms
und lache schallend, einmal und wieder.
Ich sah zurück im Zorn.
Um mich zu weiden an ihrem großen Verderben.
Ich sah zurück aus allen oben genannten Gründen.
Ich sah zurück ohne eigenen Willen.
Es drehte sich, unter mir knarrend, der Fels nur.
Ein Erdspalt schnitt mir plötzlich den Weg ab.
Ein Hamster trippelte, auf zwei Pfötchen gereckt, am
Rande.
Und eben da sahn wir zurück.
Nein, nein. Ich lief weiter,
ich robbte und flog hinauf,
bis vom Himmel die Dunkelheit fiel,
und mit ihr der heiße Kies und die toten Vögel.
Aus Atemnot drehte ich mehrmals mich um.
Wer das hätte sehen können, meinte vielleicht, daß ich
tanze.
Nicht ausgeschlossen, daß ich die Augen geöffnet
hatte.
Möglich, daß mein Gesicht, als ich hinfiel, zur Stadt
zurück sah.

Psalm

Wie undicht sind doch die Grenzen menschlicher
Staaten!
Wie viele Wolken schwimmen straflos darüber
hinweg,
wie viel vom Sand der Wüsten rieselt von Land zu
Land,
wie viele Bergsteine rollen auf fremden Besitz
in provozierendem Aufprall!

Muß ich hier Vogel für Vogel aufzählen, wie er fliegt,
oder wie er sich setzt soeben auf den gesenkten
Schlagbaum?
Und wäre es gar ein Spatz – schon ist sein Schwänzchen
drüben,
sein Schnabel aber noch hüben. Und obendrein – wie
er zappelt!

Von ungezählten Insekten erwähne ich nur die
Ameise,
die zwischen dem linken und rechten Schuh des
Grenzschutzpostens
auf dessen Frage: woher, wohin – sich zu keiner
Antwort bequemt.

Oh, diese ganze Ordnungswidrigkeit
auf allen Kontinenten auf einmal zu sehen!
Schmuggelt da nicht vom anderen Ufer die Rainweide
über den Fluß das hunderttausendste Blatt?

Wer sonst als der Tintenfisch, langarmig, dreist,
verletzt die heilige Zone der Hoheitsgewässer?

Kann überhaupt von Ordnung gesprochen werden,
wo man nicht einmal die Sterne versetzen kann,
damit man weiß, wem welcher leuchtet?

Und dann das tadelnswerte Sich-Breitmachen des
Nebels!
Das Stauben der Steppe in alle Weite,
als wäre sie nicht in der Mitte geteilt!
Und das Übertragen der Stimmen auf willigen Wellen
der Luft:
des Lock-Gepiepses und des bedeutsamen Glucksens!

Allein was menschlich, kann wahrhaft fremd sein.
Der Rest ist Mischwald, Maulwurfsarbeit, Wind.

Danksagung

Vieles verdanke ich denen,
die ich nicht liebe.

Erleichterung, mit der ich hinnehme,
sie stehen anderen näher.

Freude, nicht ich bin
der Wolf ihrer Lämmer.

Ich habe Frieden mit ihnen
und Freiheit mit ihnen,
das aber könnte die Liebe
mir weder geben noch nehmen.

Ich warte nicht auf sie
zwischen Fenster und Tür.
Geduldig,
fast wie die Sonnenuhr,
verstehe ich, was die Liebe
nicht versteht,
verzeihe, was die Liebe
niemals verziehe.

Vom Stelldichein bis zum Brief
verfließt keine Ewigkeit,
nur eben Tage und Wochen.

Die Reisen mit ihnen gelingen immer,
Konzerte werden erlebt,
Kirchen besichtigt,
Landschaften deutlich.

Trennen uns
sieben Berge und Flüsse,
dann sind es Berge und Flüsse,
uns von der Karte vertraut.

Es ist ihr Verdienst, wenn ich lebe,
in drei Dimensionen
nicht im rhetorischen, nicht im lyrischen Raum,
mit einem echten, jeweils beweglichen Horizont.

Sie wissen es selbst nicht,
wieviel sie in ihren leeren Händen tragen.

»Ich schulde ihnen gar nichts« –
würde die Liebe sagen
zu diesem offenen Thema.

Die große Zahl

Vier Milliarden Menschen auf dieser Erde,
und meine Vorstellungskraft ist wie sie immer war.
Sie tut sich schwer mit den großen Zahlen.
Noch rührt sie die Einzelheit ständig.
Sie flattert wie das Laternenlicht im Dunkel,
enthüllt nur die ersten Gesichter am Rande,
während der Rest ins Versehen gleitet,
ins Undenkbare, ins Unbedauern.
Aber dies hätte selbst Dante nicht aufgehalten.
Geschweige denn einen, der nicht er ist.
Und stünden mir alle Musen auch bei.

Non omnis moriar – verfrühte Betrübnis.
Lebe ich aber ganz und ist das genug?
Es war nie genug, umso weniger jetzt.
Ich wähle, indem ich verwerfe, es gibt keine andere Art,
doch was ich verwerfe ist zahlreicher,
dichter, bedrängender mehr denn je.
Auf Kosten des unbeschriebnen Verlusts –
    ein Gedichtchen, ein Seufzer.

Den lauten Ruf beantworte ich mit Geflüster.
Wieviel ich verschweige, sage ich nicht.
Maus am Fuße des Mutterberges.
Das Leben dauert wenige Krallenzeichen im Sand.

Meine Träume – selbst die sind nicht so wie es sich
    gehörte bevölkert.

Alleinsein erfüllt sie mehr als Menschenmenge und
Lärm.
Da kommt ein längst Verstorbener für ein Weilchen
vorbei.
Eine einzelne Hand rührt die Klinke.

Nebenbauten des Echos umwachsen das leere Haus.
Ich lauf von der Schwelle ins Tal,
das stille, als sei es niemandes, anachronistisch bereits.

Wo kommt diese Weite in mir noch her –
ich weiß nicht.

VII. Alle Fälle
Wszelki wypadek
1972

Glückliche Liebe

Glückliche Liebe. Ist das normal,
ist das seriös, und ist das nützlich –
was hat schon die Welt von zwei Menschen,
die diese Welt nicht sehen?

Zu sich erhoben ohne Verdienst,
die ersten besten von einer Million, allerdings
  überzeugt,
es habe so kommen müssen – als Preis wofür?
  Für nichts.

Von nirgendwoher fällt Licht –
weshalb gerade auf die und nicht andre?
Beleidigt es nicht die Gerechtigkeit? Ja.
Verletzt es nicht alle sorgsam gehäuften Prinzipien,
stürzt die Moral nicht vom Gipfel? Verletzt und
  stürzt.

Seht euch die Glücklichen an:
wenn sie sich doch nur verstellten,
Niedergeschlagenheit spielten, damit die Freunde auf
  ihre Kosten kämen!

Hört, wie sie lachen – schimpflich.
Mit welcher Zunge sie sprechen – scheinbar
  verständlich.
Und diese ihre Zeremonien, Ziereraien,
die findigen Pflichten gegeneinander –

es ist wie eine Verschwörung hinter dem Rücken der
Menschheit.

Es läßt sich schwerlich voraussehen, was daraus
würde,
wenn sich ihr Beispiel nachahmen ließe.
Worauf Religion und Dichtung noch bauen könnten,
was hielte man fest, was ließe man sein,
wer bliebe noch gern im Kreis?

Glückliche Liebe. Muß das denn sein?
Takt und Vernunft gebieten, sie zu verschweigen
wie einen Skandal aus den höheren Kreisen.
Prächtige Babies werden ohne ihr Zutun geboren.

Sie könnte die Erde, da sie so selten vorkommt,
niemals bevölkern.

So mögen alle, denen die glückliche Liebe fremd ist,
behaupten, es gebe sie nicht.

Mit diesem Glauben lebt es und stirbt es sich leichter.

Lob der Träume

Im Traum
male ich wie Vermeer van Delft.

Ich spreche fließend Griechisch,
nicht nur mit Zeitgenossen.

Ich fahre ein Auto,
das mir gehorcht.

Ich bin begabt,
schreibe große Poeme.

Ich höre Stimmen,
wie die heiligen Väter, nicht minder.

Ihr würdet staunen
über die Herrlichkeit meines Klavierspiels.

Ich fliege, wie man es muß,
also aus mir heraus.

Fallend vom Dach,
falle ich weich ins Grüne.

Es macht mir nichts aus,
unter dem Wasser zu atmen.

Ich beklage mich nicht:
ich habe Atlantis entdeckt.

Es freut mich, daß ich im Sterben
immer wieder erwache.

Gleich nach dem Ausbruch des Krieges
dreh ich mich um, auf die bessere Seite.

Ich bin doch, ich muß es nicht sein,
ein Kind der Epoche.

Vor einigen Jahren
sah ich zwei Sonnen.

Und vorgestern einen Pinguin,
vollkommen deutlich.

Klassiker

Einige Handvoll Erde, und das Leben ist vergessen.
Befreit ist die Musik von den Begleitumständen.
Verstummt des Meisters Hüsteln über Menuetten.
Und ab sind die Breiumschläge.
Das Feuer verdaut die Perücke samt Läusen und
Staub.
Fort sind die Tintenflecke von der Spitzenmanschette.
Zum Abfall wandern Pantoffeln, lästige Zeugen.
Die Geige eignet sich an der unbegabteste Schüler.
Die Fleischerrechnungen tauchen zwischen den Noten
auf.
In Mäusebäuchen landen die Briefe der armen Mutter.
Die glücklose Liebe vergeht.
Das Auge hört auf zu tränen.
Das blaßrote Band kann die Tochter des Nachbarn
brauchen.
Die Zeiten sind, gottseidank, noch nicht romantisch.
Alles, was kein Quartett ist,
wird als fünftes verworfen.
Alles, was kein Quintett ist,
wird als sechstes gelöscht.
Alles, was nicht ein Chor ist, einer von vierzig Engeln,
verhallt als Hundegebell und als Glucksen eines
Gendarmen.
Entfernt wird vom Fenster der Blumentopf mit der
Aloe,
der Teller mit Fliegengift und das Döschen mit der
Pomade,

und frei wird der Blick – aber ja! – der Blick in den
Garten,
den Garten, den es hier niemals gegeben hatte.
Und nun hört zu, ihr Sterblichen, hört gut zu,
spitzt eure Ohren und staunt,
ihr eifrigen, staunenden, sterblichen Lauscher, hört,
hört – nur gut zu – ganz Ohr –

Ansprache im Fundbüro

Ich verlor ein paar Göttinnen unterwegs von Süd nach
 Nord
und ebenso viele Götter unterwegs von Ost nach West.
Paar Sterne – Himmel, tritt auseinander – sind mir für
 immer erloschen.
Die eine, die andere Insel versank mir im Meer.
Ich weiß nicht einmal genau, wo ich die Krallen ließ,
und wer mein Fell jetzt trägt, in meiner Schale wohnt.
Als ich an Land kroch, starben meine Geschwister,
den Jahrestag feiert in mir nur ein kleiner Knorpel.
Ich sprang aus der Haut, verschwendete Wirbel und
 Beine,
verlor meine Sinne sehr oft.
Ich drückte längst vor allem mein drittes Auge zu,
winkte ab mit der Flosse, schüttelte mit den Zweigen.

Vertan, verloren, in alle vier Winde verweht.
Ich staune selbst über mich, wie wenig von mir
 zurückblieb:
Die Einzelperson vorläufig noch menschlicher
 Gattung,
die gestern nur ihren Schirm in der Trambahn verlor.

Verfolgung

Ich weiß, mich erwartet Stille, und doch.
Kein Jubel, keine Fanfaren, kein Beifall, und doch.
Kein Warngeläut, keine Angst, selbst die nicht.

Ich rechne nicht einmal mit einem dürren Blättchen,
geschweige mit Silberpalästen und Gärten,
würdigen Greisen, gerechten Gesetzen,
mit Weisheit in Kugeln aus purem Kristall, und doch.

Ich weiß, ich begehe nicht deshalb den Mond,
um Ringe, verlorene Bänder zu suchen.
Sie haben beizeiten alles mit sich genommen.

Nichts, was bezeugen könnte, daß.
Unrat, Abfälle, Kram, Beschriebenes, Krumen,
Splitter, Späne, Scherben, Brocken, Gerümpel.

Ich, natürlich, bücke mich nur nach dem Steinchen,
dem ich nicht ablesen werde, wohin sie gegangen sind.
Sie zogen es vor, mir keine Zeichen zu hinterlassen.
Ihre Kunst, die Spur zu verwischen,
    ist unvergleichlich.

Seit Urzeiten kenne ich ihr Talent, zur rechten Zeit zu
    verschwinden;
göttlich ist ihre Unfaßbarkeit, an den Hörnern,
    am Schweif,

am Saum des Gewands, das sich bläht im Abflug.
Kein Härchen wird ihnen je gekrümmt meinetwegen.

Überall sind sie um einen Gedanken listiger als ich
selbst,
immer den Schritt mir voraus, bevor ich es schaffe,
preisgegeben mit Spott der Mühe des Vorrangs.

Sie sind nicht vorhanden, waren nie da, und doch
muß ich es ständig mir wiederholen,
bemüht kein Kind zu sein, dem es schiene.

Und was so plötzlich mir vor den Füßen davonsprang,
es sprang nicht sehr weit, weil es zertreten stürzte,
auch wenn es immer noch zuckt
und bleibendes Schweigen verbreitet,
es ist ein Schatten – zu sehr mein eigner, als daß
ich am Ziel mich fühlte.

Entdeckung

Ich glaube an die große Entdeckung.
Ich glaube an den Menschen, der die Entdeckung
macht.
Ich glaube an die Angst des Menschen, der die
Entdeckung macht.

Ich glaube an die Blässe seines Gesichts,
an seinen Brechreiz, den kalten Schweiß auf der Lippe.

Ich glaube an das Verbrennen der Niederschriften,
an ihr Verbrennen zu Asche,
zur letzten.

Ich glaube an das Verschütten der Zahlen,
ein reuloses Verschütten.

Ich glaube an die Eile des Menschen,
an die Genauigkeit seiner Bewegung,
an seinen unbezwungenen Willen.

Ich glaube an das Zerschlagen der Tafeln,
an das Vergießen der Flüssigkeiten,
an das Erlöschen der Flamme.

Ich meine, daß es gelingen wird,
und daß es dann nicht zu spät sein wird,
und daß sich die Sache ganz ohne Zeugen abspielen
wird.

Niemand wird es erfahren, ich bin dessen sicher,
weder die Ehefrau noch die Wand,
auch nicht der Vogel, er könnte es sonst verpfeifen.

Ich glaube an die lässige Hand,
ich glaube an die verpfuschte Karriere,
ich glaube an die vertane Arbeit von vielen Jahren.
Ich glaube an das ins Grab genommene Geheimnis.

Mir kreisen diese Worte über den Regeln.
Sie suchen keine Stütze bei den Exempeln.
Mein Glaube ist fest, blind und ohne Begründung.

Heimkehr

Er kam zurück. Sagte nichts.
Klar, daß er Ärger hatte.
Legte sich hin in Kleidern.
Verbarg den Kopf in der Decke.
Zog seine Knie an.

Er ist etwa vierzig, doch nicht in diesem Moment.
Er ist – aber nur soviel wie damals im Mutterleib,
hinter den sieben Häuten, im schützenden Dunkel.
Morgen wird er den Vortrag halten über Homöostase
in der metagalaktischen Kosmonautik.
Vorläufig liegt er zusammengerollt
und schläft.

Das Massenfoto

Auf dem Massenfoto
ist mein Kopf der siebte vom Rand,
vielleicht der vierte von links
oder der zehnte von unten;

mein Kopf, wer weiß der wievielte,
nicht mehr einer, nicht der einzige,
schon ähnlich den ähnlichen,
weder weiblich noch männlich;

die Kennzeichen, die er mir gibt,
sind keine besonderen Zeichen;

mag sein, daß der ZEITGEIST ihn sieht,
aber er sieht ihn nicht an,
meinen statistischen Kopf,
der Stahl und Kabel verbraucht,
am gelassensten, am pauschalsten;

er schämt sich nicht, daß er beliebig,
verzweifelt nicht, daß er vertauschbar;

als hätt ich ihn überhaupt nicht
auf meine Art und besonders;

als läge ein Friedhof frei
voll namenloser, ziemlich
gut erhaltener Schädel;

trotz aller Sterblichkeitsquoten;

als läge er dort bereits,
mein fremder, summarischer Kopf;

der, wenn er sich je erinnert,
dann nur an die tiefe Zukunft.

Spaziergang eines Wiedererweckten

Der Herr Professor war dreimal gestorben bereits.
Das erste Mal ließ man ihn seinen Kopf bewegen.
Das zweite Mal sich setzen.
Das dritte Mal – stellte man ihn sogar auf die Beine,
gestützt auf die dicke gesunde Amme:
Jetzt gehn wir ein wenig spazieren.

Das Hirn nach dem Unfall war arg beschädigt,
und bitte, es ist wie ein Wunder, wie viele
  Schwierigkeiten es überwunden hat:
Links rechts, hell dunkel, Baum Gras, schmerzen
  essen.

Wieviel ist zwei und zwei, Professor?
Zwei – erklärt der Professor.
Die Antwort ist besser als vorher.

Schmerzen, Gras, sitzen, Bank.
Am Ende der Allee wartet die wie die Welt betagte,
nicht leutselige, nicht rosige,
dreimal vertriebene,
angeblich wirkliche Amme.

Der Herr Professor will zu ihr.
Wieder reißt er sich los.

Werbeprospekt

Ich bin die Beruhigungstablette.
Ich wirke zu Hause,
habe Erfolg im Amt,
setze mich zum Examen,
stelle mich der Verhandlung,
klebe exakt die zerschlagenen Krüge zusammen –

Nimm mich nur ein,
laß mich zergehen unter der Zunge,
schluck mich nur runter,
spüle mit Wasser nach.

Ich weiß, wie dem Unglück begegnen,
die schlechte Nachricht ertragen,
die Ungerechtigkeit mindern,
das Nichtvorhandensein Gottes erklären,
den kleidsamen Trauerhut wählen.

Was zögerst du noch –
vertraue dem chemischen Mitleid.

Noch bist du jung,
du solltest dich einrichten, denn
wer sagte,
man müsse das Leben tapfer durchleben?

Gib mir nur deinen Abgrund –
ich überbrück ihn mit Schlaf,

du wirst mir dankbar sein
für die vier Pfoten des Fallens.

Verkauf mir deine Seele:
Andere Käufer findest du nicht.

Andere Teufel gibt es nicht mehr.

Die Briefe der Toten

Wir lesen die Briefe der Toten wie ratlose Götter,
immerhin Götter, weil wir die späteren Daten kennen.
Wir wissen vom Geld, das nicht wiedergegeben wurde.
Wissen auch, wen die Witwen in Eile geheiratet haben.
Arme, verblendete Tote,
fehlbare, hintergangene, linkisch betriebsame Tote.

Wir sehn hinter ihren Rücken die Fratzen und Zeichen
der andern.
Wir hören, wie die zerrissenen Testamente rascheln.
Sie sitzen lächerlich vor uns wie auf belegten Broten,
oder sie jagen die ihnen vom Kopf gerissenen Hüte.
Ihr schlechter Geschmack, Napoleon, Dampf und
elektrischer Strom,
die tödlichen Kuren gegen die heilbaren Leiden,
die törichte Apokalypse nach Sankt Johannes,
der falsche Himmel auf Erden, nach Johannes
Jakob . . .

Schweigend beobachten wir auf dem Schachbrett
ihre Figuren,
nur jetzt um drei Felder weiter.
Alles, was sie voraussahen, kam ganz anders,
oder ein wenig anders, das heißt genauso ganz anders.
Die Eifrigsten blicken vertrauensselig uns in die
Augen,
vergessend, daß sie darin die Vollkommenheit schauen
werden.

Stimmen

Kaum bewegst du den Fuß, schon sprießen wie aus
dem Boden
die Aboringier, Marcus Emilius.

Mitten in die Rutuler watet genau deine Ferse.
In die Sabiner, Latiner versinkst du bis an die Knie.
Bis an die Hüfte, den Hals, bis an die Nase bereits
stehn dir die Äquer und Volsker, Lucius Fabius.

Es gibt verdrießlich viele von diesen kleinen Völkern,
zum Überdruß und zum Erbrechen, Quintus Decius.

Hier eine Stadt, da die zweite, die hundertsiebzigste
Stadt.
Der Widerstand der Fidenaten. Der Unwille der
Falisker.
Die Blindheit der Ecaetraner. Das Zögern der
Antemnaten.
Die Schlaffheit der Labikaner, Peligner, die uns
beleidigt.
Das ist es, was hinter jedem neuen Hügel uns,
die wir gutmütig sind, zur Strenge zwingt, Gajus
Claelius.

Wenn sie uns wenigstens nicht behinderten, aber sie
tun es,
diese Aurunker, Marser, Spurius Manlius.

Von hier und dort die Tarquinier, von überallher die
Etrusker.
Außerdem die Volsiner. Überdies die Vejinter.
Wider den Sinn die Aulerker. Item die Sappianaten.
Das überschreitet die menschliche Langmut, Sextus
Oppius.

Die kleinen Völker haben einen kleinen Verstand.
Immer weitere Kreise zieht der Stumpfsinn um uns.
Tadelnswerte Sitten. Rückständige Gesetze.
Wirkungslose Götter, Titus Vilius.

Haufenweise Herniker, Schwärme von Murricinern.
Zahlreich wie die Insekten sind die Vestiner, Samniten.
Je weiter, desto mehr, mein Servius Folius.

Bedauernswert sind die kleinen Völker.
Ihr Leichtsinn verlangt hinter jedem neuen Fluß
nach Aufsicht, Aulus Janius.

Ich fühle mich bedroht von jeglichem Horizont.
So sehe ich das Problem, mein Hostius Melius.

Drauf sage ich, Hostius Melius, dir, mein Appius
Papius:
Vorwärts. Irgendwo schließlich ist die Welt zu Ende.

Eindrücke aus dem Theater

Für mich ist der wichtigste in einer Tragödie der
 sechste Aufzug:
die Auferstehung vom Schlachtfeld der Bühne,
das Zupfen an den Perücken, Gewändern,
das Ziehen des Dolchs aus der Brust,
das Lösen der Schlinge vom Hals,
das Einreihen zwischen die Lebenden
mit dem Gesicht zum Parkett.

Verbeugungen, einzeln, gemeinsam:
die weiße Hand auf der Wunde des Herzens,
die Knickse der Selbstmörderin,
das Nicken geköpfter Häupter.

Verbeugungen paarweise:
der Zorn Arm in Arm mit der Sanftmut,
das Opfer blickt selig dem Henker ins Auge,
Rebell und Tyrann schreiten friedlich nebeneinander.

Zertreten der Ewigkeit mit der Spitze des goldnen
 Pantoffels.
Fortfegen der Moral mit der Krempe des Hutes.
Die unverbesserliche Bereitschaft, morgen alles zu
 wiederholen.

Der Einzug im Gänsemarsch der früher Verstorbnen,
im zweiten, im vierten Akt, auch zwischen den Akten.
Die wunderbare Rückkehr der spurlos Verschollnen.

Zu denken, daß sie geduldig hinter Kulissen warteten,
immer noch kostümiert,
ohne sich abzuschminken,
rührt mich stärker als alle Tiraden des Dramas.

Wahrhaft erhaben erst ist das Fallen des Vorhangs
und was man dann durch den unteren Spalt zu sehen
bekommt:
da hebt eine Hand die Blume eilig vom Boden,
dort eine andre das liegengelassene Schwert.
Erst dann erfüllt eine unsichtbare dritte
ihre Verpflichtung:
sie schnürt mir die Kehle.

Alle Fälle

Es hätte geschehen können.
Es hat geschehen müssen.
Es war schon früher geschehen. Später.
Näher. Ferner.
Es ist nicht dir geschehen.

Du überlebtest, denn du bist der erste gewesen.
Du überlebtest, denn du bist der letzte gewesen.
Weil selbst. Weil die andern.
Weil links. Weil rechts.
Weil Regen. Weil Schatten.
Weil Sonne.

Zum Glück gabs den Wald.
Zum Glück keine Bäume.
Zum Glück das Gleis, den Haken, den Balken,
 die Bremse,
die Nische, die Kurve, den Millimeter, eine Sekunde.
Zum Glück schwamm ein Strohhalm im Wasser.

Infolge, deswegen, dennoch, trotzdem.
Was wär, wenn die Hand, das Bein,
einen Schritt, eines Haares Breite
vom Zufall.

Also du bist? Stracks aus dem eben noch durchlässigen
 Moment?

Das Netz hatte eine Masche, und du durch diese
Masche?
Ich kann mich nicht sattsam darüber wundern und
schweigen.

Höre,
wie schnell mir dein Herz schlägt.

VI. Hundert Freuden
Sto pociech
1967

Hundert Freuden

Es gelüstete ihn nach Glück,
es gelüstete ihn nach Wahrheit,
es gelüstete ihn nach Ewigkeit,
da schaut her!

Kaum unterschied er Traum von Wirklichkeit,
kaum kam er dahinter, er sei doch er,
kaum hatte er mit der Hand, der Herkunft nach Flosse,
den Feuerstein und die Rakete geschnitzt,
er, in einem Löffel Ozean leicht zu ertränken,
zu wenig komisch sogar, um die Leere lachen zu
 machen,
der nur mit den Augen sieht,
der nur mit den Ohren hört;
seiner Rede Rekord ist der Konditionalis,
er tadelt mit dem Verstand den Verstand,
mit einem Wort: fast niemand,
aber er hatte sich die Freiheit, das Allwissen und das
 Sein in den Kopf gesetzt
jenseits des unklugen Fleisches,
da schaut her!

Denn vorhanden ist er wohl,
er kam in Wahrheit vor
auf einem der provinziellen Sterne.
Auf seine Art vital und ziemlich rührig.
Als eine mickrige Mißgeburt des Kristalls –
recht ernst erstaunt.

Als einer mit schwieriger Kindheit in den Zwängen der
Herde –
schon gar nicht so übel einzeln.
Da schaut her!

Nur weiter so, weiter und sei es für einen Moment,
ein kurzes Aufblitzen einer kleinen Galaxis!
Es zeige sich endlich im großen und ganzen,
was er sein wird, da er ist.
Und er ist – verbissen.
Verbissen, zugegeben, sehr.
Mit diesem Ring in der Nase, in dieser Toga, in diesem
Pullover.
Hundert Freuden, komme was wolle.
Armes Ding.
Leibhaftiger Mensch.

Bewegung

Du hier weinst, und die dort tanzen,
Tanzen dort in deiner Träne.
Feiern dort, sind ausgelassen.
Wissen nichts und nichts dort drüben.
Fast wie Flimmer, wie aus Spiegeln.
Fast wie Flackern, wie von Kerzen.
Wandelgänge fast und Treppen.
Gesten fast und fast Manschetten.
Windhund Wasserstoff mit Sauer-,
Taugenichtse Chlor und Soda,
Fatzke Stickstoff tanzen Reigen:
Wie sie fallen, sich erheben,
Wie sie unter Kuppen kreisen.
Du hier weinst, spielst ihnen auf.
Eine kleine Nachtmusik.
Wer, wer bist du, schöne Maske.

Fruchtbarkeitsfetisch aus dem Paläolithikum

Die Große Mutter hat kein Gesicht.
Wozu auch.
Ein Gesicht kann dem Körper nicht treu gehören,
ein Gesicht ist ungöttlich, dem Körper lästig,
es stört seine feierliche Einheit.
Das Antlitz der Großen Mutter ist ihr gewölbter Bauch
und der blinde Nabel in dessen Mitte.

Die Große Mutter hat keine Füße.
Wozu auch.
Wohin sollte sie denn wandern.
Wozu die Einzelheiten der Welt betreten.
Sie kam doch an, wo sie wollte,
nun harrt sie aus in den inneren Werkstätten unter der
    straffen Haut.

Es gibt eine Welt? Nun gut.
Die üppig ist? Umso besser.
Die Kinderchen haben wohin auseinanderschwärmen,
den Kopf erheben zu irgend etwas? Schön.
Es gibt so viel Welt, daß sie selbst sogar zur Schlafzeit
    da ist,
die übertrieben ganze und wirkliche Welt?
Und immer, selbst hinterm Rücken vorhanden?
Das, seinerseits, ist viel, sehr viel.

Die Große Mutter hat kaum zwei Händchen, kaum
zwei dünne, träge und auf der Brust gekreuzte Händchen.

Wozu auch sollten diese das Leben segnen,
Beschenkte beschenken!
Ihre einzige Pflicht
ist bei Erde und Himmel
auszuharren auf jeden Fall,
der sich niemals ereignet.
Im Zickzack den Inhalt beschweren.
Das Ornament verspotten.

Der Akrobat

Von einem Trapez zum
zum andern, in der Stille nach
nach einem plötzlich verstummten Wirbel, durch
durch die bestürzte Luft, schneller als
als die Last des Körpers, der wieder
wieder das Fallen versäumt hat.

Allein. Oder weniger noch als allein,
weniger, da gebrechlich, ihm fehlen
fehlen die Flügel nämlich, sie fehlen ihm ungemein,
ein Mangel, welcher ihn zwingt
zu schamhaften Höhenflügen auf ungefiederter,
nackter Spannung.

Mühsam leicht,
geduldig flink,
mit kalkulierter Phantasie. Siehst du,
wie er sich duckt zum Flug, weißt du,
wie er sich auflehnt von Kopf zu Fuß
gegen den, der er ist; weißt du, siehst du,
wie listig er seine frühere Form durchzieht und,
um die wippende Welt in der Faust zu fassen,
die aus sich neugeborenen Arme ausstreckt –

schöner als alles in diesem einen
in diesem einen, der übrigens schon verging, Moment.

An mein Herz am Sonntag

Ich danke dir, mein Herz,
daß du nicht säumst, daß du dich regst
ohne Entgelt und ohne Lob,
aus angeborenem Fleiß.

Siebzig Verdienste hast du in einer Minute.
Jede deiner Muskelbewegungen
ist wie ein Anstoß des Bootes
ins offene Meer
zur Fahrt um die Welt.

Ich danke dir, mein Herz,
daß du mich ab und zu
herausnimmst aus der Ganzheit,
als Einzelheit selbst im Traum.

Du sorgst dafür, daß ich mich nicht
ganz und gar verflüchtige
in einem Flug,
der keine Flügel braucht.

Ich danke dir, mein Herz,
daß ich wieder erwacht bin –
und obwohl es Sonntag ist,
ein Tag der Ruhe,
hält der Verkehr unter den Rippen an
wie sonst an den Wochentagen.

Tarsius

Ich, Tarsius, Sohn des Tarsius,
Enkel und Urenkel des Tarsius,
ein kleines Tier, das aus zwei Pupillen
und dem unabdingbaren Rest besteht;
wie durch ein Wunder von der Verwertung
verschont,
denn ein Leckerbissen bin ich nicht,
für Pelzkrägen gibt es größere,
meine Drüsen bringen kein Glück,
Konzerte finden ohne meinen Darm statt;
ich, Tarsius,
sitze auf einem Menschenfinger und lebe.

Grüß dich, du großer Herr,
was gibst du mir dafür,
daß du mir gar nichts zu nehmen gezwungen bist?
Womit belohnst du mir deine Hochherzigkeit?
Welchen Preis bin ich dir, Unschätzbarer, wert
dafür, daß ich zu deinen Lächeln posiere?

Ein großer, ein guter Herr –
ein großer gnädiger Herr –
wer könnte denn das bezeugen, wenn es nicht
Tiere gäbe, die keines Todes wert sind?
Vielleicht ihr selbst?
Was ihr von euch schon wißt,
das reicht für eine schlaflose Nacht von Stern zu
Stern.

Nur wir, wir wenigen, die nicht vom Fell Gezogenen,
nicht von den Knochen Geschälten, nicht von den
Federn Gerupften,
verschont in den Stacheln, Hülsen, Eckzähnen,
Hörnern,
und was wer wie noch
vom findigen Eiweiß besitzt,
sind, großer Herr, dein Traum,
der dich freispricht für eine Weile.

Ich, Tarsius, Vater und Großvater des Tarsius,
ein kleines Tier, beinahe ein halbes Etwas,
das dennoch ein Ganzes ist, nicht weniger als die
andren;
so leicht, daß die Zweige sich unter mir heben
und längst mich zum Himmel getragen hätten,
wenn ich nicht hin und wieder
fallen müßte als Stein von den,
ach, gerührten Herzen;
ich, Tarsius,
weiß, wie sehr man Tarsius sein muß.

Thomas Mann

Teure Sirenen, so hat es sein müssen,
geliebte Faune, großmächtige Engel,
die Evolution hat euch wahrlich verleugnet.
Es fehlt ihr nicht an Einfall, doch ihr und eure
Flossen aus Tiefen des Devons und Brustkörbe aus
dem Alluvium,
eure fingrigen Hände und kleinbehuften Füße,
Arme nicht statt sondern zusätzlich zu den Flügeln,
diese, wie furchtbar, eure Zwiegeschöpfe-Skelette,
anachronistisch geschwänzt, aus lauter Trotz gehörnt,
vogelartig umsonst, ja dieses Geklebe, Geknorpel,
dieses Puzzle-Gutsle, diese Distichonaden,
die kunstvoll den Menschen mit Reihern
zusammenreimen,
so daß er fliegt und unsterblich ist und allwissend
– gebt es doch zu, das wäre ein Scherz,
ein ewiger Überschwang und ein Ärger,
den die Natur nicht haben will und nicht hat.

Gut, daß sie wenigstens einem Fisch zu fliegen erlaubt
mit provozierender Flinkheit. Jeder von diesen Flügen
ist ein Trost in der Regel, eine Begnadigung
in der gemeinen Not, eine reiche Gabe,
mehr als erforderlich wäre, damit die Welt die Welt sei.

Gut, daß sie wenigstens solche Luxusszenen zuläßt
wie etwa das Schnabeltier, das mit Milch seine Kücken
füttert.

Sie könnte Einspruch erheben – und wer von uns
würde merken,
daß er beraubt worden ist?
Aber das Beste scheint,
daß sie den Zeitpunkt verpaßt hat, als dann das
Säugetier aufkam
mit der von einer Waterman herrlich befiederten
Hand.

Anflug

In diesem Frühjahr kamen die Vögel wieder zu früh
zurück.
Freu dich, Vernunft, auch der Instinkt also irrt,
er übersieht was, vergafft sich, und schon fallen sie in
den Schnee
und kommen erbärmlich um, verkommen, ungeachtet
der Konstruktion ihrer Kehlen, ihrer winzigen
Krallen,
ihrer redlichen Knorpel, der zuverlässigen Schleimhaut,
der Zuflüsse zu ihrem Herzen, des Labyrinths der
Därme,
der Schiffe von Rippen und Wirbeln in lichten
Zimmerfluchten,
ihres Gefieders, das würdig wär eines Pavillons im
Allmuseum des Handwerks,
und des Schnabels von der Geduld eines Mönchs.

Ich klage nicht, ich empöre mich nur,
daß ein Engel aus wahrem Eiweiß,
ein Springinsfeld mit Drüsen vom Lied der Lieder,
einzeln in Lüften, ungezählt in der Hand,
Zelle für Zelle vereint zur Gemeinsamkeit
von Raum und Zeit, wie ein klassisches Stück
im Applaus der Flügel –
fällt und sich neben den Stein legt,
welcher auf seine archaische Weise
aufs Leben hinabblickt wie auf verworfene
Experimente.

Film – Sechziger Jahre

Dieser Erwachsene. Dieser Mensch auf der Erde.
Zehn Milliarden Nervenzellen.
Fünf Liter Blut, dreihundert Gramm an Herz.
In drei Milliarden Jahren war das Gebilde entstanden.

Am Anfang tauchte er auf in Gestalt eines Knaben.
Der Knabe legte sein Köpfchen auf die Knie der
Tante.
Wo ist dieser Knabe geblieben. Wo diese Knie.
Nun ist der Knabe groß. Das ist nicht mehr dasselbe.
Grausam sind diese Spiegel, glatt wie die Fahrbahn.
Gestern noch überfuhr er die Katze. Das war ein
Einfall.
Die Katze wurde erlöst von der Hölle dieser Epoche.
Das Mädchen im Auto hob die Wimpern.
Nein, diese Knie, um die es ihm ging, hatte sie nicht.
Eigentlich wollte er liegen im Sand und atmen.
Er und die Welt haben nichts mehr gemeinsam.
Er fühlt sich wie der zerbrochene Henkel vom Krug,
obwohl der Krug es nicht weiß und immer noch
Wasser hält.
Erstaunlich. Noch müht sich jemand.
Dieses Haus ist gebaut. Jene Klinke geschnitzt.
Dieser Baum ist gepfropft. Dieser Zirkus wird spielen.
Diese Ganzheit hält, obwohl sie aus Stücken besteht.
Schwer wie Klebstoff und dickflüssig sunt lacrimae
rerum.
Aber das alles im Hintergrund nur nebenbei.

Drinnen ist schreckliches Dunkel, im Dunkel der
Knabe.

Gott des Humors, fang mit ihm etwas an, unbedingt.
Gott des Humors, tu etwas mit ihm, endlich.

Vietnam

Wie heißt du, Frau? Ich weiß nicht.
Wo bist du geboren? Ich weiß nicht.
Wozu gräbst du dich ein? Ich weiß nicht.
Seit wann versteckst du dich hier? Ich weiß nicht.
Warum hast du mich in den Zeigefinger gebissen?
Ich weiß nicht.
Wir tun dir nichts Böses, weißt du? Ich weiß nicht.
Auf wessen Seite bist du? Ich weiß nicht.
Wir haben jetzt Krieg, du mußt wählen. Ich weiß
nicht.
Steht dein Dorf noch? Ich weiß nicht.
Sind das deine Kinder? Ja.

Pieta

Im Städtchen, in dem der Held geboren wurde,
das Denkmal besichtigen, seine Größe loben,
zwei Hühner vertreiben von der Schwelle des leeren
Museums,
erfahren, wo seine Mutter wohnt,
klopfen, die knarrende Türe aufstoßen.
Sie hält sich grade, sie kämmt sich glatt, blickt hell.
Sagen, daß man aus Polen gefahren kommt.
Grüßen. Fragen, laut und deutlich.
Ja, sie habe ihn sehr geliebt. Ja, so sei er immer
gewesen.
Ja, sie habe damals vor der Gefängnismauer gestanden.
Ja, sie habe die Salve gehört.
Bedauern, daß man kein Tonband mitgenommen
habe,
und keine Kamera. Ja, sie kenne diese Geräte.
Im Rundfunk habe sie seinen letzten Brief gelesen.
Im Fernsehen alte Wiegenlieder gesungen.
Einmal sei sie sogar im Film aufgetreten, habe tränend
in Jupiterlampen gestarrt. Ja, die Erinnerung rühre sie.
Ja, sie sei etwas müde. Ja, das gehe vorüber.
Aufstehen. Danken. Abschied nehmen. Hinausgehn,
vorbei an den nächsten Touristen im Flur.

Monolog für Kassandra

Ich bins, Kassandra.
Und das ist meine Stadt unter der Asche.
Und das hier ist mein Stock, meine Orakelbinde.
Und das hier ist mein Schädel voller Zweifel.

Es stimmt, ich triumphiere.
Mein Recht schlug mit dem Feuerschein zum Himmel.
Nur unglaubwürdige Propheten
genießen diese Aussicht,
nur die, die falsch ans Werk gegangen,
und alles hätte sich so schnell erfüllen können,
als wären sie nicht da.

Ich erinnere mich genau,
wie Menschen bei meinem Anblick verstummten.
Gelächter brach aus.
Hände ließen einander los.
Kinder liefen zu ihren Müttern.
Ich wußte nicht einmal ihre unbeständigen Namen.
Und dieses Lied vom grünen Blatt –
in meiner Gegenwart beendete es niemand.

Ich liebte sie.
Aber ich liebte sie von oben,
von oberhalb des Lebens.
Aus der Zukunft. Wo es leer ist
und wo nichts leichter ist, als in den Tod zu sehen.
Es tut mir leid, daß meine Stimme hart war.

Seht von den Sternen auf euch, rief ich,
von den Sternen herab.
Sie hörten es und sie senkten den Blick.

Sie lebten im Leben.
Windig.
In Vorurteilen.
In Abschiedskörpern von Geburt an.
Doch eine feuchte Hoffnung war in ihnen,
ein Flämmchen, das vom eigenen Flackern sich
  ernährte.
Sie wußten, was ein Augenblick bedeutet,
ach, wärs nur einer, irgendeiner,
bevor –

Es kam so, wie ich sagte.
Nur daß daraus nichts folgt.
Und das hier ist mein Kleid, versengt vom Feuer.
Und das ist mein Prophetentand.
Und das Verzerrte mein Gesicht.
Das nicht gewußt hat, daß es schön sein könnte.

Volkszählung

Sieben ausgegrabene Städte
auf dem Hügel von Troja.
Sieben. Sechs zuviel
für ein Epos.
Wohin mit dem Rest, was tun?
Die Hexameter bersten,
der afabulöse Baustein gerät aus den Fugen,
die Mauern stürzen ein in der Stille des Stummfilms;
verkohlte Balken, zerrissene Glieder,
Krüge, leergetrunken bis zum Verlust des Bodens,
Fruchtbarkeitsamulette, Keime von Gärten
und Totenschädel, berührbar wie der morgige Mond.

Unser Altertum nimmt zu,
allmählich wirds darin eng,
ungesetzliche Mieter machen sich in der Historie breit,
Fleischformationen für Schwerter,
Kehrseiten Hektors, des Adlers, die es ihm gleichtun
    an Mut,
tausend und abertausend Einzelgesichter,
und jedes ein erstes und letztes in dieser Zeit,
und jedes mit zwei sehr seltsamen Augen.
Es war so leicht, nichts davon zu wissen,
so innig, geräumig.

Was tun mit den Städten, was ihnen geben?
Ein schwach bevölkertes Jahrhundert?
Ein wenig Anerkennung für ihre Goldschmiedekunst?

Für das letzte Gericht ist es doch zu spät.
Wir, drei Milliarden Richter,
haben unsre Geschäfte,
eigenes nicht artikuliertes Gewimmel,
Bahnhöfe, Sporttribünen, Paraden,
zählbares Ausland von Straßen, Etagen, Wänden.
Wir gehn aneinander vorbei in den Warenhäusern
beim Einkauf des neuen Kruges.
Homer macht Dienst im Statistischen Amt.
Was er zu Hause treibt, das weiß niemand.

Landschaft

In der Landschaft des alten Meisters
haben die Bäume unter der Ölfarbe Wurzeln,
führt der Feldweg bestimmt zum Ziel,
ersetzt der Halm allen Ernstes die Signatur,
ihr nachmittag um fünf Uhr ist zuverlässig,
der Mai behutsam aber entschlossen angehalten,
so hielt auch ich an – ja doch, mein Lieber,
die Frau dort unter der Esche bin ich.

Schau hin, wie weit ich mich von dir entfernt hab,
wie weiß mein Häubchen ist und wie gelb mein Rock,
wie fest ich das Körbchen halte, um nicht aus dem Bild
zu fallen,
wie ich paradiere in dem mir fremden Schicksal
und mich erhole von den lebendigen Mysterien.

Auch wenn du riefest, ich hörte es nicht,
und hörte ich es, drehte ich mich nicht um,
und täte ich selbst diese unmögliche Bewegung,
dein Gesicht erschiene mir fremd.

Ich kenne die Welt im Umkreis von sechs Meilen.
Ich kenne die Kräuter und Zaubersprüche gegen alle
Schmerzen.
Noch blickt Gott herunter auf meines Kopfes Scheitel.
Noch bete ich um den nicht plötzlichen Tod.
Der Krieg ist Strafe, der Friede Belohnung.
Beschämende Träume kommen vom Satan.

Ich hab eine offensichtliche Seele wie eine Pflaume den
Kern.

Das Herz-Spiel kenne ich nicht.
Die Nacktheit vom Vater meiner Kinder kenne ich
nicht.
Ich vermute nicht hinter dem Lied der Lieder
den komplizierten und oft korrigierten Entwurf.
Das, was ich sagen möchte, gibt es in fertigen Sätzen.
Ich nutze nicht die Verzweiflung, sie ist nicht meine
Sache,
sondern mir lediglich anvertraut zur Verwahrung.

Und kreuztest du meinen Weg,
blicktest du mir in die Augen,
ginge ich an dir vorbei direkt am Rande des
Abgrunds, der dünner ist als ein Haar.

Rechts ist mein Haus, das ich rundum kenne
zusammen mit seinem Treppchen und seinem Eingang
zur Mitte,
wo sich die ungemalten Geschichten ereignen:
der Kater springt auf die Bank,
die Sonne fällt auf den Zinnkrug,
am Tisch sitzt ein knochiger Mann
und repariert die Uhr.

Freude am Schreiben

Wohin läuft die geschriebene Ricke durch den
geschriebenen Wald?
Etwa um von dem geschriebenen Wasser zu trinken,
das ihr Geäse wie Blaupapier widerspiegelt?
Warum hebt sie den Kopf, ob sie was wittert?
Gestützt auf die vier der Wahrheit entliehenen Läufe,
spitzt sie die Lauscher in meinen Fingern.
Stille – auch diese Vokabel raschelt auf dem Papier
und streift
die vom Wörtchen »Wald« verursachten Zweige.

Über dem weißen Blatt lauern sprungbereit
die Buchstaben, die sich womöglich schlecht einfügen
werden,
belagernde Sätze,
vor denen es keine Rettung gibt.

Der Tropfen Tinte hat einen ziemlichen Vorrat
an Jägern mit Späheraugen,
bereit, die steile Feder hinabzustürzen,
in Anschlag zu gehen, das Reh zu stellen.
Sie vergessen, daß es hier das Leben nicht gibt.
Hier herrschen andre Gesetze, schwarz auf weiß.
Hier dauert jeder Moment so lange, wie ich es
will,
er läßt sich zerlegen in kleine Ewigkeiten,
voller Kugeln, die man im Fluge anhält.
Wenn ich befehle, passiert hier nichts von Dauer.

Ohne meinen Willen fällt kein Blatt,
kein Grashalm beugt sich vor dem Punkt des Hufs.

So gibt es also eine Welt,
deren unabhängiges Schicksal ich bestimme?
Eine Zeit, die ich mit Ketten von Zeichen binde?
Eine Existenz, die beständig ist durch meine
    Verfügung?

Freude am Schreiben.
Möglichkeit des Erhaltens.
Rache der sterblichen Hand.

V. Salz

Sól

1962

Notiz

In der ersten Vitrine
liegt ein Stein.
Wir sehen an ihm
einen leichten Riß.
Ein Werk des Zufalls,
wie manche sagen.

In der zweiten Vitrine
ein Stück vom Stirnbein.
Schwer zu bestimmen –
ob tierisch, ob menschlich.
Knochen ist Knochen.
Gehen wir weiter.
Hier gibt es nichts.

Geblieben ist nur
die alte Ähnlichkeit
des aus dem Stein geschlagenen Funkens
mit dem Stern.
Die seit Jahrhunderten klaffende
Ferne des Vergleichs
hat sich gut erhalten.

Sie
hat uns aus der Tiefe der Gattung gelockt,
aus dem Umkreis des Traums geführt
vor das Wort Traum,
in dem das, was lebt,

immer geboren wird
und stirbt ohne Tod.

Sie
hat unseren Kopf in einen menschlichen verwandelt
vom Funken zum Stern,
von einem zu vielen,
von jedem zu allen,
von Schläfe zu Schläfe,
und sie hat das, was keine Lider hat,
in uns geöffnet.

Aus dem Stein
floh der Himmel fort.
Der Stock verzweigte sich
zum Dickicht der Enden.
Die Schlange trug den Stachel davon
aus dem Knäuel ihrer Gründe.
Die Zeit rollte dahin
in den Ringen der Bäume.
Im Echo vervielfachte sich
das Heulen des Aufgeweckten.

In der ersten Vitrine
liegt ein Stein.
In der zweiten Vitrine
ein Stück vom Stirnbein.
Wir kamen den Tieren abhanden.
Wer wird uns abhanden kommen.
Durch welche Ähnlichkeit.
Durch wessen Vergleich womit.

Im Fluß des Heraklit

Im Fluß des Heraklit
fischen Fische nach Fischen,
zerlegen Fische Fische mit einem scharfen Fisch
bauen Fische Fische, wohnen Fische in Fischen,
fliehen Fische aus belagerten Fischen.

Im Fluß des Heraklit
lieben Fische die Fische
deine Augen – sagt er – leuchten wie Fische am
    Himmel,
ich möchte mit dir im gemeinsamen Ozean münden,
du allerschönste des Fischschwarms.

Im Fluß des Heraklit
erfand ein Fisch den Fisch über alle Fische,
knien Fische vor Fischen, singen Fische für Fische,
bitten die Fische um eine leichtere Schwimmzeit.

Im Fluß des Heraklit
bin ich Einzelfisch, Sonderfisch
(Zumindest anders als der Baumfisch oder der
    Steinfisch)
ich schreibe zuweilen kleine Fische nieder
in Silberschuppen, die so kurz sind,
daß da womöglich verlegen Dunkelheit blinzelt?

Kurzfassung

Hiob, an Leib und Gut erfahren, verwünscht das Schicksal der Menschen. Große Poesie. Nun kommen die Freunde, zerreißen ihre Kleider und befinden über Hiobs Schuld vor dem Herrn. Hiob schreit, er sei gerecht gewesen. Hiob weiß nicht, wieso ihn der Herr ereilt hat. Hiob will reden mit ihnen. Hiob will reden mit dem Herrn. Der Herr läßt sich herab in einem Wagen aus Wind. Vor Hiob, der bis auf die Knochen entblößt ist, rühmt er sein Werk: den Himmel, die Meere, die Erde, die Tiere. Behemoth vor allem, Leviathan besonders, die Bestien, die Ehrfurcht gebieten. Große Poesie. Hiob hört zu – der Herr spricht nicht zum Thema, weil der Herr nicht zum Thema zu sprechen wünscht. Also demütigt sich Hiob willig vor dem Herrn. Nun überstürzen sich die Ereignisse. Hiob gewinnt die Maultiere und die Kamele zurück, die Ochsen und Schafe bekommt er doppelt. Haut bewächst den bleckenden Totenschädel. Hiob läßt es gut sein. Hiob ist bereit. Er beschließt, dem Meisterwerk nicht mehr im Wege zu stehen.

Wasser

Ein Wassertropfen fiel auf meine Hand,
abgezapft dem Ganges, dem Nil,

dem zum Himmel gefahrenen Reif vom Schnurrbart
des Seehunds,
dem Wasser aus den zerschlagenen Krügen der Städte
Ys und Tyr.

Auf meinem Zeigefinger
ist das Kaspische Meer eine offene See,

und der Pazifik mündet in die Rudawa,
dieselbe, die über Paris als Wolke dahinflog

im Jahre siebenhundertvierundsechzig
am siebten Mai um drei Uhr morgens.

Es gibt nicht Münder genug, um deine flüchtigen
Namen auszusprechen, Wasser.

Ich müßte in allen Zungen dich nennen,
die Selbstlaute alle auf einmal sagen

und schweigen zugleich – wegen des Sees,
der noch keinen Namen bekam,

den es nicht auf der Erde gibt – noch im Himmel
den darin sich spiegelnden Stern.

Jemand ertrank, jemand rief sterbend nach dir.
Das war in der Vorzeit, und das war gestern.

Du löschtest Häuser, knicktest Gebäude
wie Bäume, Wälder wie Städte.

Du warst in den Taufbecken und in den Badewannen
der Kurtisanen.
In Küssen, in Totentüchern.

An Steinen nagend, den Regenbogen ernährend.
Im Schweiß wie im Tau der Pyramiden, der
Fliederbüsche.

Wie leicht ist das alles in einem Regentropfen.
Wie behutsam berührt mich die Welt.

Was immer wann immer wo immer geschah,
es steht geschrieben im Wasser Babel.

Zu nah

Ich bin zu nah, als daß er von mir träumte.
Ich fliege nicht über ihn hin, ihm nicht davon
unter die Wurzeln der Bäume. Ich bin zu nah.
Nicht meine Stimme singt der Fisch im Netz.
Der Ring rollt nicht von meinem Finger.
Ich bin zu nah. Die große Hütte brennt,
da wo ich Hilfe schreie, ohne mich. Zu nah,
als daß die Glocke läutete auf meinem Haar.
Zu nah, um anzuklopfen, wie ein Gast,
vor dem die Wände auseinandertreten.
Nie sterbe ich zum zweiten Mal so leicht,
so wissenlos, so außerhalb des Körpers,
wie einst in seinem Traum. Ich bin zu nah,
zu nah. Ich hör das Stöhnen,
seh die Grimasse dieses Worts,
gelähmt von der Umarmung. Er schläft tief,
zugänglicher in diesem Augenblick der einmal nur
gesehenen
Kassiererin des Wanderzirkus mit dem Löwen
als mir, die ich an seiner Seite liege.
Jetzt wächst für sie das Tal in ihm,
rostlaubig, eingesperrt vom Berg des Schnees
in blauer Luft. Ich bin zu nah,
um ihm vom Himmel in den Schoß zu fallen.
Mein Schrei kann ihn nur wecken. Ich bin, Arme,
beschränkt auf meine eigene Gestalt,
und war doch eine Birke, eine Eidechse
und trat aus Zeiten und Brokaten vor,

mit Farben vieler Häute schillernd. Und besaß
die Gnade, vor erstaunten Augen zu verschwinden,
den Schatz der Schätze. Jetzt bin ich zu nah,
zu nah, als daß er von mir träumte.
Ich zieh den Arm unter dem Kopf des Schlafenden
hervor,
erstarrt, voll ausgeschlüpfter Nadeln.
Auf jeder ihrer Spitzen, abzuzählen,
sitzen die gestürzten Engel.

Bildnis

Wenn die Götterlieblinge jung sterben,
was tut man dann mit dem Rest des Lebens?
Das Alter ist wie ein Abgrund,
wenn die Jugend ein Gipfel ist.

Ich rühre mich nicht von hier.
Ich bleibe jung und sei es auf einem Bein.
Mit einem Schnurrbart, dünn wie ein Mäusepieps,
hänge ich mich an die Luft.
In dieser Haltung werde ich immer aufs neue geboren.
Andere Künste beherrsche ich nicht.

Aber das sind immer ich:
die magischen Handschuhe,
im Knopfloch der Kotillon
vom letzten Kostümball,
das Falsett der jugendlichen Manifeste,
das Gesicht des Croupiers aus dem Traum einer
    Näherin,
Augen, die ich gern herausgeschält malte,
mit denen ich wie mit Erbsen aus einer Schote warf,
bei diesem Anblick nämlich vibrierten die leblosen
    Schenkel
des sprichwörtlichen Frosches.

Staunt auch ihr.
Staunt bei den fünf Fässern des Diogenes,
daß ich selbst ihn in Einfällen schlage.

Betet
den ewigen Anfang.
Was ich in Fingern halte,
sind Spinnen, die ich in die Tusche tauche
und auf die Leinwand werfe.
Ich bin wieder auf der Welt.
Ein neuer Nabel blüht auf
auf dem Bauch des Künstlers.

Prolog zu einer Komödie

Er baute sich eine Geige aus Glas, um die Musik zu sehen. Er zog seinen Kahn auf den Gipfel des Berges und wartete, daß das Meer zu ihm käme. Bis in die Nächte hinein las er im Kursbuch; die Endstationen rührten ihn zu Tränen. Er züchtete Veilchen mit F. Er schrieb ein Gedicht auf die Haarwuchspflege, danach ein ähnliches zweites. Er zerschlug die Rathausuhr, um den Blätterfall der Bäume aufzuhalten für immer. Im Blumentopf, wo der Schnittlauch wuchs, wollte er eine Stadt ausgraben. Er ging mit der Erde bei Fuß, lächelnd, langsam, wie zwei und zwei gleich zwei – glücklich. Als man ihm sagte, daß es ihn gar nicht gäbe, konnt er vor Kummer nicht sterben und mußte geboren werden. So lebt er nun irgendwo, blinzelt und wächst. Im rechten Moment! Zur guten Zeit! Unserer Allergnädigsten Herrin, Der Süßen Besonnenen Maschine kommt ein Narr zur würdigen Kurzweil und zur naiven Freude recht bald zustatten.

Grabstein

Hier ruht, altmodisch wie das Komma, eine
Verfasserin von ein paar Versen. Die Gebeine
genießen Frieden in den ewigen Gärten,
obwohl sie keiner Literatengruppe angehörten.
Drum schmückt nichts Beßres ihre Totenstätte
als dieser Reim, die Eule und die Klette.
Passant, hol den Computer aus dem Aktenfach
und denk über Szymborskas Los ein wenig nach.

Autorenabend

Muse, kein Boxer zu sein bedeutet, gar nicht zu sein.
Das brüllende Publikum hast du uns nicht gegönnt.
Zwölf Zuhörer sind im Saal.
Zeit anzufangen.
Die Hälfte ist da, weil es regnet,
der Rest sind Verwandte. Muse!

Die Frauen fielen an diesem herbstlichen Abend gern
in Ohnmacht,
sie werden es tun, allerdings bei einem Faustkampf.
Nur dort gibt es dantische Szenen.
Ebenso das Indenhimmelgehobenwerden. Muse.

Kein Boxer zu sein, Poet zu sein,
verurteilt zu sein zu lebenslänglichen Norwids*
aus Mangel an Muskulatur der Welt die künftige
Schullektüre
vorzuführen, im günstigsten Fall.
O Muse, Pegasus,
Engel unter den Pferden.

Der Greis in der ersten Reihe träumt behaglich,
seine Verblichene steige aus ihrem Grab und
backe ihm einen Pflaumenkuchen.

* Norwid, Kamil Cyprian – bedeutender, von den Zeitgenossen verkannter polnischer Dichter des XIX. Jahrhunderts. (A. d. Ü.)

Mit Feuer, mit einem kleinen, sonst könnte der
    Kuchen verbrennen,
fangen wir an zu lesen, Muse.

Schönheitskonkurrenz der Männer

Gespannt vom Fuß bis an den Kiefer.
Von Oliofirmamenten triefend:
Nur der bekommt die Mister-Note,
der wie ein Striezel zugeknotet.

Er nimmt es auf mit einem Bären,
der stark ist (wenn auch nicht zugegen).
Drei Jaguare (wenn sie wären)
erlegt er mit drei schnellen Schlägen.

Der Grätsche Meister und der Hocke.
Sein Bauch hat fünfundzwanzig Mienen.
Ein Vielgeschwulst – der Saal frohlocke –
dank seiner Zaubervitaminen.

Rubens' Frauen

Frauliche Fauna, Walküren,
nackt wie das Donnern der Tonnen.
Sie nisten in zertrampelten Betten,
schlafen mit aufgerissenen Mündern, als wollten
sie krähen.
Ihre Augäpfel sind nach innen gedreht
und stieren in die Drüsen,
aus denen Hefe sickert ins Blut.

Töchter des Barock. Teig schwillt im Backtrog,
Bäder dampfen, Weine erröten,
über den Himmel galoppieren Ferkel von Wolken,
Trompeten wiehern den physischen Alarm.

O kürbisrunde, o maßlose
und durch das Wegwerfen ihrer Kleider
verdoppelte
und durch die gewalttätige Pose verdreifachte
fette Liebesgerichte!

Ihre mageren Schwestern waren früher wach,
bevor es dämmerte auf dem Bild.
Und niemand sah, wie sie gingen im Gänseschritt
über die unbemalte Seite der Leinwand.

Vertriebene des Stils. Abgezählte Rippen,
Vogelnatur der Füße und Hände.

Mit den hervorstehenden Schulterblättern versuchen
sie, zu fliehen.

Das dreizehnte Jahrhundert hätte ihnen goldenen
Grund gegeben,
das zwanzigste eine Silberleinwand.
Dieses siebzehnte hat für die Flachen gar nichts übrig.

Konvex ist nämlich sogar der Himmel,
konvex sind Engel und Gott –
Phöbus mit Schnurrbart, der auf einem schwitzendem
Roß in den kochenden Alkoven reitet.

Beim Wein

Er sah, sein Blick gab mir Schönheit
und ich empfing sie als die meine.
Glücklich, verschlang ich einen Stern.

Ich ließ geschehen, daß er mich ausdachte
zum Ebenbild der Spiegelung
in seinen Augen. So tanze ich, tanze
im Flattern plötzlicher Flügel.

Tisch ist Tisch, Wein ist Wein
im Glas, das ein Glas ist
und stehend auf dem Tisch steht.
Aber ich bin imaginär,
unglaublich imaginär,
imaginär bis ins Blut.

Ich sage ihm was er will: von Ameisen,
die an der Liebe sterben
unter dem Sternbild der Pusteblume.
Ich schwöre, daß weiße Rosen,
mit Wein besprengt, singen.

Ich lache, neige den Kopf
behutsam, als überprüfte ich
eine Erfindung. So tanze ich, tanze
in der staunenden Haut, in der Umarmung,
die mich erschafft.

Eva aus Rippe. Venus aus Schaum,
Minerva aus Jovis' Haupt
waren wirklicher.
Sieht er an mir vorbei,
such ich mein Spiegelbild
an der Wand. Und sehe nur
einen Nagel. Kein Bild.

Gleichnis

Die Fischer hatten eine Flasche aus der Tiefe gefischt. Sie enthielt einen Zettel mit folgender Post: »Leute, Hilfe! Ich bin hier. Der Ozean hat mich auf das tote Eiland geworfen. Ich stehe am Ufer und warte auf Rettung. Beeilt euch. Ich bin hier!«

»Hm. Ohne Datum. Er ist sicher zu spät. Womöglich treibt die Flasche schon sehr lange im Meer«, sagte der erste Fischer.

»Und der Standort ist nicht gewiß. Man weiß nicht einmal, welcher Ozean gemeint ist«, fügte der zweite Fischer hinzu.

»Weder zu spät noch zu weit. Die Insel Hier gibts überall«, meinte der dritte Fischer.

Peinliches Schweigen trat ein.

Allgemeine Wahrheiten haben das so an sich.

Das Hungerlager bei Jasło

Schreibs auf. Schreib. Mit gewöhnlicher Tinte
auf einem gewöhnlichen Blatt Papier: man gab ihnen
 nicht zu essen,
sie starben alle vor Hunger. *Alle? Wie viele?*
Die Wiese ist groß. Wieviel Gras entfiel
auf einen? Schreib auf: Ich weiß nicht.
Die Geschichte rundet die Skelette auf – bis zur Null.
Tausend und einer sind immer noch tausend.
Der eine ist so, als gäb es ihn nicht:
Fehlgeburt, eine leere Wiege,
ein offenes Abeceschützenbuch für niemand,
die Luft, die lacht, die schreit und wächst,
Treppen zur Leere, die in den Garten führt,
niemandes Platz im Glied.

Wir sind auf der Wiese, dort ward das Wort zu Fleisch.
Sie aber ist stumm wie ein gekaufter Zeuge.
Im Sonnenlicht. Grün. Dort unweit der Wald
mit der kaubaren Rinde, dem trinkbaren Baumsaft –
die ganze Tagesration der Aussicht,
solange man nicht erblindet. Oben ein Vogel,
der über den Mund als ein Schatten
von nahrhaften Flügeln vorbeiflog.
Die Kiefern klafften, Zahn schlug auf Zahn.
Nachts blinkte am Himmel die Sichel
und erntete für das erträumte Brot.
Hände aus rußgeschwärzten Ikonen kamen geflogen,

mit leeren Kelchen in Fingern.
Auf dem Rost aus Stacheldraht
wankte ein Mensch.
Man sang, den Mund voll Erde. *Ein schönes Lied davon, daß der Krieg das Herz in der Mitte trifft.*
Schreib auf, wie still es hier ist.
Ja.

Goldene Hochzeit

Sie mußten früher verschieden gewesen sein,
Feuer und Wasser, sich jäh unterscheiden,
sich gegenseitig berauben und sich beschenken
in der Begierde, im Angriff auf ihre Unähnlichkeit.
Umarmt, nahmen sie sich an und gaben sie sich hin
so lange, bis nur noch Luft in den Armen war,
transparent nach dem Abflug der Blitze.

Eines Tages fiel die Antwort vor der Frage.
Eines Nachts errieten sie den Ausdruck ihrer Augen
nach der Art des Schweigens, im Dunkel.

Das Geschlecht verblaßt, die Geheimnisse verglimmen,
im Ähnlichen treffen sich die Unterschiede
wie alle Farben im Weiß.

Wer von ihnen ist doppelt, wer nicht da?
Wer lächelt mit zwei Lächeln?
Wessen Stimme hallt zweistimmig wider?
In wessen Bejahung nicken die Köpfe?
Mit wessen Geste heben sie den Löffel zum Mund?
Wer ist hier wem aus dem Gesicht geschnitten?
Wer lebt hier, wer ist hier gestorben,
versponnen in die Linien – wessen Hand?

Langsam wachsen Zwillinge aus dem Starrblick.
Vertraulichkeit ist die vollendetste der Mütter –

von ihren beiden Kindern zieht sie keines vor,
sie weiß sie kaum zu unterscheiden.

Am Tag der goldenen Hochzeit, am Freitag,
setzte sich eine einerlei betrachtete Taube auf das
Fenster.

Überraschendes Wiedersehen

Wir begegnen uns höflich,
sagen: Wie nett sich nach Jahren wiederzusehen.

Unsere Tiger trinken Milch.
Unsere Habichte laufen zu Fuß.
Unsere Haie ertrinken im Wasser.
Unsere Wölfe gähnen vor dem offenen Käfig.

Unsere Schlangen haben sich freigeschüttelt von
    Blitzen,
Affen von Einfällen, Pfauen von Federn.
Die Fledermäuse sind längst aus unseren Haaren
    geflüchtet.

Wir verstummen mitten im Satz,
rettungslos lächelnd.
Unsereiner hat sich
nichts mehr zu sagen.

»La Pologne? La Pologne? Schrecklich kalt dort, nicht wahr?« fragte sie mich und atmete sofort leichter. Es gibt jetzt so viele von diesen Ländern, daß es am sichersten ist, über das Klima zu sprechen.
»Oh ja«, möchte ich ihr entgegnen, »die Dichter meines Landes schreiben in Handschuhn. Ich behaupte nicht, sie zögen sie niemals aus; wenn der Mondschein wärmt, dann schon. In ihren Strophen, vom lauten Getöse skandiert, denn nur Getöse dringt durch das Heulen der Stürme, besingen sie das einfache Leben der Seehundhirten. Die Klassiker wühlen mit Tintenzapfen in festgetretenen Dünen. Der Rest, die Dekadenten, beweint das Schicksal der kleinen Sterne aus Schnee. Wer sich ertränken will, muß zum Beil greifen, um eine Wake zu schlagen. So ist das, meine Liebe.«

So möchte ich ihr antworten. Aber ich vergaß, was Seehund auf französisch heißt. Ich bin mir auch des Zapfens und der Wake nicht ganz sicher.
»La Pologne? La Pologne? Schrecklich kalt dort, nicht wahr?«
»Pas du tout«, antwortete ich eisig.

Der Rest

Ophelia sang die tollen Lieder ab
und floh von der Bühne, besorgt,
ob ihr Kleid nicht zerknittert sei, ob das Haar
auf die Schultern herunterfließe, wie sich das gehört.

Zu wahrer Letzt wäscht sie die schwarze Verzweiflung
von den Brauen und zählt – als Polonius' natürliche
Tochter –
sicherheitshalber die Blätter nach, die sie aus dem Haar
holt.
Ophelia, Dänemark möge mir und dir vergeben:
in Flügeln werde ich fallen, in den praktischen Krallen
überleben.
Non omnis moriar aus Liebe.

Schatten

Mein Schatten folgt als Narr der Königin.
Sobald die Königin vom Stuhl sich reckt,
streckt an der Wand auch er sich nach ihr hin
und stößt mit dummem Kopf gegen die Deck'.

Das schmerzt vielleicht auf seine Art
in der Zweiseitenwelt. Vielleicht
fühlt sich der Narr an meinem Hof genarrt
und spielt lieber einen andern Part.

Die Königin – sie lehnt am Fenster heil,
der Narr dagegen springt zum Fenster ab.
So haben sie sich jede Tat geteilt,
obwohl es niemals halbe halbe gab.

Der Simpel maßte sich die Gesten an,
das Pathos und sein Schamlossein alsdann,
das alles, wofür mir die Kräfte fehlen
– die Krone, Zepter, Mantel, Kronjuwelen.

Ich werde leicht sein, Arme zu bewegen,
mein Haupt zu wenden, König, wenn wir schon,
mein König, ach, dann Abschied nehmen
auf einer Eisenbahnstation.

König, es legt auf diese Weise,
König, der Narr sich auf die Gleise.

Museum

Teller, aber kein Appetit.
Ringe, doch ohne Gegenliebe.
Seit mindestens dreihundert Jahren.

Fächer – wo ist das Wangenrot?
Schwerter – wo ist der Zorn geblieben?
Und die Laute klirrt nicht einmal nach zur grauen
 Stunde.

Aus Mangel an Ewigkeit wurden
Zehntausend alte Gegenstände versammelt.
Ein verschimmelter Diener schlummert behaglich
Und läßt seinen Schnurrbart auf die Vitrine fallen.

Vogelfeder, Lehm, Metalle
Triumphieren leise in der Zeit.
Nur die Nadel der ägyptischen Lachfrau kichert.

Die Krone überdauerte den Kopf.
Die Hand verlor gegen den Handschuh.
Der rechte Schuh siegte über den Fuß.

Was mich betrifft, ich lebe, recht und schlecht,
Mein Wettlauf mit dem Kleid geht weiter.
Doch welchen Widerstand es leistet!
Und wie es überleben möcht!

Lektion

Wer was Alexander der Große *mit wem womit* mit dem
Schwert
durchschlägt *wen was* den gordischen Knoten.
Das kam *wem was* niemandem in den Sinn.

Hundert Philosophen gabs – keiner entknotete ihn.
Kein Wunder, daß sie sich jetzt in die Ecken verziehn.
Die Landser zerren an ihren Bärten,
den wirren, den grauen, den bocksgelehrten,
und laut erschalle *wer was* das Lachen.

Genug. Der König mustert unter dem Federbusch
Mann für Mann,
besteigt das Roß und reitet voran.
Und hinter ihm unterm Blasen der Bläser, Trommeln
der Trommler hetzt
wer was die Armee *aus wem aus was* aus Knötchen
zusammengesetzt
in wen in was in die Schlacht.

IV. Rufe an Yeti
Wołanie do Yeti
1957

Atlantis

Sie war vorhanden, oder auch nicht.
Auf einer Insel, oder auf keiner.
Der Ozean, oder kein Ozean,
hat sie verschluckt, oder auch nicht.

Hatte da jemand jemanden zu lieben?
Hatte da jemand mit jemandem zu kämpfen?

Es war passiert, nichts oder alles
dort oder nirgends.

Sieben Städte gabs.
Ist das auch sicher?
Sie wollten unsterblich sein.
Wo sind die Beweise?

Sie hatten das Pulver erfunden, ja.
Sie hatten es nicht erfunden, nein.

Die Vermuteten. Die Bezweifelten.
Die Unbewiesenen.

Die nicht aus der Luft, dem Feuer,
dem Wasser, der Erde Gegriffenen.

Die weder im Stein
noch im Regentropfen Enthaltenen.

Sie konnten nicht ein Modell,
im Ernst, für Warnungen sein.

Ein Meteor war gefallen.
Es war kein Meteor.
Ein Vulkan war ausgebrochen.
Es war kein Vulkan.
Jemand hat etwas gerufen.
Niemand nichts.

Auf dieser plus minus Atlantis.

Vier Uhr am Morgen

Die Stunde von Nacht zu Tag.
Die Stunde von einer Seite auf die andere Seite.
Die Stunde, die sich auf das Krähen der Hähne
bereitet.

Die Stunde der Dreißigjährigen, fiebrig.
Die Stunde, da wir uns vom Boden entfernen.
Die Stunde des Winds von erloschenen Sternen.
Die Stunde bleibt-denn-nach-uns-nichts-mehr-übrig.

Die hohle Stunde.
Die dumpfe, beschimpfte.
Der Stunden allertiefster Stollen.

Um vier Uhr am Morgen geht's niemandem gut.
Geht's den Ameisen gut um vier Uhr am Morgen
– sie seien beglückwünscht. Dann komme die fünfte,
sofern wir noch weiter leben sollten.

Versuch

Oh ja, mein Lied*, du spottest meines Geists,
und ginge ich bergauf, ich blühte nie als Rose.
Als Rose blühn nur Rosen, niemand sonst. Du weißt.

Ich wollte Blätter haben. Ich wollte buschig sprießen.
Mit angehaltenem Atem, sogar im Schnellverfahren.
Ich wartete darauf, als Rose mich zu schließen.

Oh gnadenloses Lied, du treibst es mit mir arg;
ich hab den Einzelkörper, in nichts verwandelbaren,
ich bin nur einmal da, bis in das Knochenmark.

* Anspielung auf ein polnisches Volkslied, in dem es heißt, »du gehst bergauf und ich ins Tal, du blühst als Rose auf und ich als Himbeerstrauch . . .« Auf dasselbe Liedchen bezieht sich das Gedicht »Verliebte« auf S. 165 (II. Fragen, die ich mir stelle). Anm. d. Übers.

Von der nicht stattgefundenen Expedition in den Himalaja

Aha, das also ist der Himalaja.
Berge im Lauf zum Mond.
Der Moment des Starts, verewigt
am plötzlich geschlitzten Himmel.
Die Wüste der Wolken durchstoßen.
Ein Schlag ins Nichts.
Echo – der weiße Stumme.
Stille.

Yeti, unten ist Mittwoch,
das Abece, das Brot
und zwei mal zwei ist vier,
und der tauende Schnee.
Ein kreuzgeteilter
roter Apfel ist dort.

Yeti, nicht nur Verbrechen
sind bei uns möglich.
Yeti, nicht alle Worte
sprechen das Todesurteil.

Wir erben Hoffnung –
die Gabe des Vergessens.
Du wirst schon sehn wie wir Kinder
auf den Ruinen gebären.

Yeti, wir haben Shakespeare.

Yeti, wir spielen Geige.
Yeti, und wenn es dunkelt,
zünden wir Lichter an.

Hier – ist nicht Erde, nicht Mond,
und die Tränen erfrieren.
O Yeti Halbtwardowski,
überleg es, komm zurück!

So rufe ich Yeti an
in den vier Lawinenwänden
und trample mich auf dem Schnee,
dem ewigen,
warm.

Die zwei Affen von Breughel

So sieht er aus, mein großer Traum von der
Reifeprüfung:
im Fenster sitzen zwei angekettete Affen,
hinter dem Fenster segelt der Himmel
und badet das Meer.

Ich werde in Menschheitsgeschichte geprüft.
Ich stottere und ich stocke.

Der eine Affe betrachtet mich, hört mir ironisch zu,
der andere tut als schlummere er –
erst als die Frage fällt, das Schweigen beginnt,
sagt er mir vor
mit leisem Klirren der Kette.

Den Freunden

Vertraut mit den großen Räumen
zwischen Himmel und Erde,
verlieren wir uns im Raum
zwischen Erde und Kopf.

Der Weg vom Leid zur Träne
ist interplanetarisch.
Unterwegs vom Trug zum Sein
ergraut unser Kinderschopf.

Wir spotten des Satelliten,
dieser Spalte der Stille
zwischen Flug und Schall
und sagen: Weltrekord.

Es gab schon schnellere Flüge.
Ihr verspätetes Echo
riß uns aus unserem Schlaf
nach vielen Jahren erst fort.

Ein Rufen breitet sich aus:
Wir sind total unschuldig!
Wer ruft denn da? Wir laufen,
öffnen die Fenster zur Welt.

Da stockt die Stimme plötzlich.
Hinter den Fenstern fallen
Sterne, wie nach einer Salve
Tünche von Wänden fällt.

Kleine Anzeigen

ICH LEHRE das Schweigen
in allen Sprachen
nach der Methode der Betrachtung
des Sternenhimmels,
des Sinanthropus,
der Heupferdchensprünge,
der Säuglingsnägel,
des Planktons,
der Schneeflocke.

ICH STELLE die Liebe wieder her.
Achtung! Okkasion!
Auf dem Rasen vom Vorjahr
im Sonnenlicht bis zur Kehle
liegt ihr beim Tanz des Windes
(des vom vergangenen Jahr,
des Tanzmeisters eurer Haare).
Offerten unter: Traum.

FÜR DAS VERSPRECHEN meines Mannes,
der euch verführt hat mit Farben
der volkreichen Welt, ihrem Lärm,
dem Lied vor dem Fenster, dem Hund jenseits
der Wand:
ihr würdet nimmer allein sein
im Dunkel und in der Stille und ohne Atem
– komm ich nicht auf. Nacht,
Witwe des Tags.

Denkwürdigung

Im Haselholz liebten sie sich
unter den Sonnen des Taus,
mit welken Blättern im Haar
und auf der Erde zuhaus.

Schwalbenherz
erbarme dich ihrer.

Sie knieten am Wasser nieder,
kämmten die Blätter vom Haar,
die Fische kamen geschwommen
ans Ufer als Sternenschar.

Schwalbenherz
erbarme dich ihrer.

Das Abbild der Bäume rauchte
auf glitzernden Wogentressen.
Schwalbe, mach, daß sie niemals
vergessen.

Schwalbe Dorn der Wolke,
Anker der Atmosphäre,
vollendeter Ikarus,
himmelfahrender Frack,

Schwalbe Schönschreibkunst,
Zeiger ohne Minuten,

frühe Vogelgotik,
Silberblick des Himmels,

Schwalbe spitze Stille,
heitere Traurigkeit,
Aureole Verliebter,
erbarme dich ihrer.

III. Fragen die ich mir stelle

Pytania zadawane sobie

1954

Verliebte

Uns ist so still, daß wir das Lied,
das gestern gesungene, hören:
»Du gehst bergauf, ich geh ins Tal . . .«
Wir hören – und wolln es nicht glauben.

Wir lächeln nicht nur zum Schein aus Trauer,
und sind nicht gut, weil wir entsagen.
Die jetzt nicht lieben tun uns leid,
noch mehr als sie es wohl verdienen.

Wir sind von uns so sehr verwundert,
was könnte uns noch mehr verwundern?
Kein Regenbogen nachts.
Kein Schmetterling im Schnee.

Und schlafen wir ein,
sehn wir im Traum die Trennung.
Doch dieser Traum ist gut,
doch dieser Traum ist gut,
weil wir aus ihm erwachen.

Fragen, die ich mir stelle

Was ist der Inhalt eines
Händedrucks und Lächelns?
Bist du bei der Begrüßung
niemals unzugegen,
so wie ein Mensch dem Menschen,
welcher Urteil spricht
gleich auf den ersten Blick?
Ob du ein Schicksal
öffnest wie ein Buch,
und nicht in seiner Schrift,
nicht in der Type
Rührung suchst?
Du drücktest dich darum
und gabst zur Antwort
– statt ehrlich zu sein – einen Scherz.
Wie kalkulierst du Verluste?
Freundschaften, unerfüllte,
Welten, in Eis geschlagene.
Weißt du, daß man die Freundschaft
mitschaffen muß, wie Liebe?
Einer hielt da nicht Schritt
bei diesem strengen Werk.
Gabs in den Fehlern der Freunde
keine Schuld von dir?
Jemand klagte, verzagte.
Wie viele Tränen trockneten,
bis du zur Hilfe kamst?
Ob du, für das Glück der Jahrtausende

mitverantwortlich,
die einzelnen Minuten,
die Tränen im Gesicht
nicht mißachtest?
Vermeidest du denn niemals
fremde Mühe?
Ein Glas stand auf dem Tisch
und keiner hats gesehen,
erst als es dann zerbrach,
im Leichtsinn umgeworfen.

Ist denn von Mensch zu Mensch
alles so selbstverständlich?

II. Deshalb leben wir

Dlatego żyjemy

1952

Aus Korea

Sie stachen dem Jungen die Augen aus. Das
    Augenpaar.
Weil dieses Augenpaar so schräg und zornig war.
– Ihm sei jetzt Tag wie Nacht –
der Oberst hatte selbst am lautesten gelacht,
er steckte einen Dollar in die Faust dem Büttel
und strich aus seiner Stirn das Haar,
zu sehen, wie der Junge, wie geblendet,
davonging, Ausschau haltend mit den Händen.

Im Jahre Fünfundvierzig, Monat Mai, da habe
ich meinen Haß zu früh begraben
in der Erinnerung an Schande und Gewalt,
ich brauche seine Glut wohl wieder, bald,
drum lasse ich ihn aufgehoben,
vor allem deinetwegen, Oberst –
du schändlicher Lacher.

Zirkustiere

Bären stampfen im Takt,
ein Löwe durchspringt brennende Reifen,
ein gelbgeschürzter Affe fährt rad,
eine Peitsche knallt, Melodien ergreifen,
die Peitsche schaukelt den Blick der Tiere,
der Jumbokopf balanciert eine Karaffe,
die Hunde, maßvoll im Schritt, quadrillieren.

Ich schäme mich sehr, ich – Menschenaffe.

Ein schlechtes Vergnügen war dieser Tag:
mit Applaus wurde nicht gespart,
wenn auch die Hand, verlängert um den Peitschen-
schlag,
in den Sand der Manege scharfe Schatten warf.

I. Aus einem unveröffentlichten Buch

Z nie wydanego zbioru

1945

* * *

Einst hatten wir die Welt im Nu gewußt:
– sie war so klein, daß zwei im Händedruck sie fassen
konnten,
so leicht, daß sie mit einem Lächeln sich beschreiben
ließ,
so einfach wie das Echo alter Wahrheit in Gebeten.

Die Geschichte hatte uns keine Siegerfanfare
geschmettert:
sie hat uns schmutzigen Sand in die Augen gestreut.
Weite und blinde Straßen lagen vor uns,
bitteres Brot, vergiftete Brunnen.

Unsere Kriegsbeute ist das Wissen von dieser Welt:
– sie ist so groß, daß zwei im Händedruck sie fassen
können,
so schwer, daß sie mit einem Lächeln sich beschreiben
läßt,
so seltsam wie das Echo alter Wahrheit in Gebeten.

WERKVERZEICHNIS

Gedichte

I. Aus einem unveröffentlichten Buch. *Z niewydanego zbioru.* 1945.
II. Deshalb leben wir. *Dlatego żyjemy.* 1952.
III. Fragen, die ich mir stelle. *Pytania zadawane sobie.* 1954.
IV. Rufe an Yeti. *Wołanie do Yeti.* 1957.
V. Salz. *Sól.* 1962.
VI. Hundert Freuden. *Sto pociech.* 1967.
VII. Alle Fälle. *Wszelki wypadek.* 1972.
VIII. Die große Zahl. *Wielka liczba.* 1976.
IX. Überfluß. *Nadmiar.* 1979.

Auswahlbände

1. Ausgewählte Gedichte. *Wiersze wybrane.* 1964.
2. Ausgewählte Dichtungen. *Poezje wybrane.* 1967.
3. Poezje. *Dichtungen.* 1970.
4. Tarsius und andere Gedichte. *Tarsjusz i inne wiersze.* 1976.

Prosa (Rezensionen)

Lektüren außer der Pflicht. *Lektury nadobowiązkowe.* 1973.

INHALT

VII. Alle Fälle

VI. Hundert Freuden

Bibliothek Suhrkamp
Verzeichnis der letzten Nummern

1347 Amos Oz, Sumchi
1348 Stefan Zweig, Schachnovelle
1349 Ivo Andrić, Der verdammte Hof
1350 Rudolf Borchardts Leben von ihm selbst erzählt
1351 André Breton, Nadja
1352 Ted Hughes, Etwas muß bleiben
1353 Arno Schmidt, Das steinerne Herz
1354 José María Arguedas, Diamanten und Feuersteine
1355 Thomas Brasch, Vor den Vätern sterben die Söhne
1356 Federico García Lorca, Zigeunerromanzen
1357 Imre Kertész, Der Spurensucher
1358 István Örkény, Minutennovellen
1360 Giorgio Agamben, Idee der Prosa
1361 Alfredo Bryce Echenique, Ein Frosch in der Wüste
1363 Ted Hughes, Birthday Letters
1364 Ralf Rothmann, Stier
1365 Arno Schmidt, Seelandschaft mit Pocahontas
1366 Bertolt Brecht, Geschichten vom Herrn Keuner
1367 M. Blecher, Aus der unmittelbaren Unwirklichkeit
1368 Joseph Conrad, Ein Lächeln des Glücks
1369 Christoph Hein, Der Ort. Das Jahrhundert
1370 Gertrud Kolmar, Die jüdische Mutter
1371 Hermann Lenz, Vielleicht lebst du weiter im Stein
1372 Ludwig Wittgenstein, Philosophische Untersuchungen
1373 Thomas Brasch, Der schöne 27. September
1374 Péter Esterházy, Die Hilfsverben des Herzens
1375 Stanislaus Joyce, Meines Bruders Hüter
1376 Yasunari Kawabata, Schneeland
1377 Heiner Müller, Germania
1378 Du kamst, Vogel, Herz, im Flug; Spanische Lyrik
1379 Giorgio Agamben, Kindheit und Geschichte
1380 Louis Begley, Lügen in Zeiten des Krieges
1381 Alejo Carpentier, Das Reich von dieser Welt
1382 Nagib Machfus, Das Hausboot am Nil
1383 Guillermo Rosales, Boarding Home
1384 Siegfried Unseld, Briefe an die Autoren
1385 Theodor W. Adorno, Traumprotokolle
1386 Rudolf Borchardt, Jamben
1387 Günter Grass, »Wir leben im Ei«
1389 Hans-Ulrich Treichel, Der Felsen, an dem ich hänge
1388 Palinurus, Das ruhelose Grab
1390 Edward Upward, Reise an die Grenze
1391 Adónis und Dimitri T. Analis, Unter dem Licht der Zeit
1392 Samuel Beckett, Trötentöne/Mirlitonnades
1393 Federico García Lorca, Dichter in New York
1394 Durs Grünbein, Der Misanthrop auf Capri

1395 Ko Un, Die Sterne über dem Land der Väter
1396 Wisława Szymborska, Der Augenblick/Chwila
1397 Brigitte Kronauer, Frau Melanie, Frau Martha und Frau Gertrud
1398 Idea Vilariño, An Liebe
1399 M. Blecher, Vernarbte Herzen
1401 Gert Jonke, Schule der Geläufigkeit
1402 Heiner Müller / Sophokles, Philoktet
1403 Giorgos Seferis, Ionische Reise
1404 Christa Wolf, Nachdenken über Christa T.
1405 Günther Anders, Tagesnotizen
1406 Roberto Arlt, Das böse Spielzeug
1407 Hermann Hesse / Stefan Zweig, Briefwechsel
1408 Franz Kafka, Die Zürauer Aphorismen
1409 Saadat Hassan Manto, Schwarze Notizen
1410 Arno Schmidt, Die Gelehrtenrepublik
1411 Bruno Bayen, Die Verärgerten
1412 Marcel Beyer, Flughunde
1413 Thomas Brasch, Was ich mir wünsche
1414 Reto Hänny, Flug
1415 Zygmunt Haupt, Vorhut
1416 Gerhard Meier, Toteninsel
1417 Gerhard Meier, Borodino
1418 Gerhard Meier, Die Ballade vom Schneien
1419 Raymond Queneau, Stilübungen
1420 Jürgen Becker, Dorfrand mit Tankstelle
1421 Peter Handke, Noch einmal für Thukydides
1422 Georges Hyvernaud, Der Viehwaggon
1423 Dezső Kosztolányi, Lerche
1424 Josep Pla, Das graue Heft
1425 Ernst Wiechert, Der Totenwald
1427 Leonora Carrington, Das Haus der Angst
1428 Rainald Goetz, Irre
1429 A. F. Th. van der Heijden, Treibsand urbar machen
1430 Helmut Heißenbüttel, Über Benjamin
1431 Henri Thomas, Das Vorgebirge
1432 Arno Schmidt, Traumflausn
1433 Walter Benjamin, Träume
1434 M. Blecher, Beleuchtete Höhle
1435 Edmundo Desnoes, Erinnerungen an die Unterentwicklung
1436 Nazim Hikmet, Die Romantiker
1437 Pierre Michon, Rimbaud der Sohn
1438 Franz Tumler, Der Mantel
1440 Ralf Rothmann, Milch und Kohle
1441 Djuna Barnes, Nachtgewächs
1442 Isaiah Berlin, Der Igel und der Fuchs
1443 Frisch, Skizze eines Unglücks / Johnson, Skizze eines Verunglückten
1444 Alfred Kubin, Die andere Seite
1445 Heiner Müller, Traumtexte
1446 Jannis Ritsos, Monovassiá
1447 Volker Braun, Der Stoff zum Leben 1-4

Bibliothek Suhrkamp

Alphabetisches Verzeichnis